# 교사이지만,
# 직장인입니다

# 교사이지만, 직장인입니다

(행복한 교사로 성장하는 교사의 마음 치유 & 힐링 에세이)

[행복한 문학®] 시리즈 No. 03

지은이 l 유영미
발행인 l 홍종남

2023년 6월 20일 1판 1쇄 인쇄
2023년 6월 27일 1판 1쇄 발행

**이 책을 만든 사람들**
기획 l 홍종남
북 디자인 l 김효정
교정 교열 l 이홍림
출판 마케팅 l 김경아
제목 l 구산책이름연구소

**이 책을 함께 만든 사람들**
종이 l 제이피씨 정동수 · 정충엽
제작 및 인쇄 l 천일문화사 유재상

펴낸곳 l 행복한미래
출판등록 l 2011년 4월 5일. 제 399-2011-000013호
주소 l 경기도 남양주시 도농로 34, 301동 301호(다산동, 플루리움)
전화 l 02-337-8958   팩스 l 031-556-8951
홈페이지 l www.bookeditor.co.kr
도서 문의(출판사 e-mail) l ahasaram@hanmail.net
내용 문의(지은이 e-mail) l lovelyu219@naver.com
※ 이 책을 읽다가 궁금한 점이 있을 때는 지은이 e-mail을 이용해 주세요.

ⓒ 유영미, 2023
ISBN 979-11-86463-67-3
〈행복한미래〉 도서 번호 098

※ [행복한 문학®] 시리즈는 〈행복한미래〉 출판사의 문학 브랜드입니다.

# 교사이지만,
# 직장인입니다

| 유영미 지음 |

행복한미래

# 교사이지만, 직장인입니다

"실례지만 무슨 일 하세요?"

새로운 사람들을 만났을 때 받는 질문 중에 가장 피하고 싶은 질문입니다. 왜냐하면 누군가에게 교사라는 직업을 밝힌 뒤 마음이 불편하게 된 경험이 꽤 여러 번 있었기 때문입니다.

우연한 기회로 목공을 배우러 갔을 때의 일입니다. 직업이 교사라고 하니 돌연 강사님의 눈빛이 달라졌습니다. 그때부터 강사님은 유난히 저에게 관심을 많이 보였습니다. 꼼꼼하지도 않은 데다가 조금 느린 저는 그 관심이 꽤나 부담스럽게 느껴졌습니다. 그나마 제게 위안이 되었던 것은 함께한 수강생들 대부분이 느리고 서툴렀다는 점이었습니다. 다행히 스스로에게 '모두가 거북이야. 괜찮아'라고 말해주며 큰일 없이 목공 작업을 잘 마쳤습니다. 홀가분한 마음으로 인사를 드리고 돌아서는 순간, 강사님의 한마디가 제 마음에 꽂혔습니다.

"선생님도 못 하는 것이 있군요! 하하하."

분명 유머였습니다. 그러나 저는 함께 웃지 못했습니다.


또 한 번은 학부모 모임에 참석했던 일입니다. 엄마들의 통성명 시간이 돌아왔습니다.

"○○ 엄마는 무슨 일을 하세요?"

"아, 네. 학교에서 근무해요."

"초등학교 선생님이세요?"

"네."

"와, 좋으시겠다. 방학이 있잖아요."

분명 좋은 의도로 하신 말씀이었습니다. 그러나 제 마음은 불편했습니다. 그리고 돌아오는 길에 결심했습니다.

'어디 가서 교사라는 사실을 절대로 말하지 말자!'

그 이후 저는 무슨 일을 하냐고 묻는 낯선 이들에게 '직장인'이라는 대답을 들려주었습니다. 그리고 애써 평범한 직장인인 척했습니다.

교사라는 직업, 학교라는 직장이 부끄러운 것은 아니었습니다. 다만 사회가 가지고 있는 프레임이 부담스러웠습니다. 모범이 되어야 하고, 바르게 말해야 하고, 무슨 일이든 잘 해내야 한다는 그 시선 말입니다.

"아! 출근하자마자 퇴근하고 싶다!"

이 세상 모든 회사원의 마음입니다. 솔직히 말하면 교사도 다르지 않습니다.

그러나 교사는 이런 마음을 그 누구에게도 들키면 안 됩니다. 왜냐하면 들키는 순간 무거운 사회적 관심⑦을 받게 되기 때문입니다.

교사는 비록 급여는 많지 않아도, 방학이라는 공식적으로 긴 휴가가 있습니다. 그리고 그 어떤 직업보다 안정적이며 업무 숙련이 비교적 쉬운, 가성비가 꽤나 좋은 직업으로 잘 알려져 있습니다. 그런 직장을 다니면서 앓는 소리, 죽는소리를 하는 것은 야근으로 점철된 일반 직장인들에게는 꾀병쯤으로 보일 수 있습니다.

솔직한 마음을 드러내지 않아야 하는 더 심각한 이유가 한 가지 있습니다. 바로 '교사는 아이들을 가르치는 사람'이라는 사실입니다. 그 프레임 때문인지 사람들은 유난히 교사에게 더 엄격합니다. 조금 과장을 보태어 말해보자면, 잘하면 본전이고 못하면 바로 다음 날 헤드라인 뉴스 거리가 됩니다.

더욱 슬픈 것은 제가 근무해 온 18년 동안 교육의 가치는 점점 사라지고 프레임만 더욱 엄격해지고 있다는 사실입니다. 사실 학교에는 문제가 되는 교사보다는 기꺼이 자신의 영혼을 갈아 넣으면서 묵묵히 교실을 지켜내는 교사가 훨씬 더 많습니다. 그러나 그 사실을 외면한 채

오직 본인이 보고 싶은 부분만 보고, 하고 싶은 말만 하는 학교 밖 사람들 앞에서 교사들은 종종 무너지곤 합니다. 요즘 학교는 보람과 희망보다는 의무와 책임만 남아 있는 황량한 사막 같은 느낌입니다.

이 책은 그 황량한 사막에 놓인 한 평범한 교사의 이야기입니다. 황량한 사막이라고 했지만 솔직히 물 한 방울이 없어 매일 목말라 죽을 것 같은 그런 느낌은 아닙니다. 그렇다고 매일 물이 차고 넘치는 오아시스를 발견하는 기적 같은 일이 벌어지는 것은 더더욱 아니고요. 다만 따가운 모래바람과 촉촉한 오아시스 사이에서 꽃 한 송이를 찾고 싶은 목마름을 늘 안고 삽니다.

이 마음은 직장인이라면 누구나 공감할 수 있는 것이겠지요? 저는 그런 공감을 받고 싶었습니다.

이 책이 하루하루가 버거운 교사들에게 다정한 위로가 되기를 바랍니다. 또, 학교 밖 사람들에게는 한 직장인으로서 살아가는 교사의 삶을 좀 더 입체적으로 이해할 수 있는 따스한 계기가 될 수 있기를 바래봅니다.

2023년

직장인 유영미 드림

# 차례

## 2부 | 수업과 공문 사이

## 3부 | 하루도 쉬운 날이 없는 교사들

## 4부 | 오늘도 힘껏 출근하기로 했다

※ 이 책에 나오는 인물의 이름은 대부분 가명을 사용하였습니다.
   또, 글맛을 살리기 위하여 때로 맞춤법에 맞지 않는 표현을 그대로 두기도 하였습니다.

1부

# 선생님의 일상

# I.
## 저녁 카톡

"선생님, 제가 만든 영상 파일을 선생님께 꼭 보여드리고 싶어요."

학생들에게 개인 핸드폰 번호를 공개하지 않은 터라, 이메일 주소를 알려주었다. 앗! 그런데 자기는 이메일 주소가 없단다.

그러면 USB에 담아오라고 했더니, 핸드폰에서 편집한 것이라 USB에 담을 수 없다고 했다. 후.

결국 핸드폰 번호 알려주고 선생님 카톡으로 보내라고 했다. 그제야 그 집요한 학생은 만족하는 표정을 짓고 순순히 하교했다. 문득 '이 녀석은 처음부터 내 핸드폰 번호를 노린 것이 아닐까?' 하는 의심이 들었다. 지난 10개월 동안 최선을 다해서 개인 핸드폰 번호를 지켜냈던 내 정성(?)이 한 방에 무너지는 순간이었다.

꼼꼼한 성격의 교사였다면 무슨 수를 써서라도 번호를 가르쳐주지 않았을 것이다. 그러나 나는 꼼꼼함이 들어 있지 않은, 그저 꼼꼼하게 보이는 '꼼꼼함'이라는 상자만 가지고 다니는 교사였기에 포기의 순간이 그리 어렵지 않았다. (역시 나는 꼼꼼하지 않은 스타일.)

"카톡!"

퇴근 후 저녁을 먹고 나서 쉬고 있는데 카톡이 왔다. 반갑지 않은 '저녁 카톡'에 반응하고 싶지 않았지만 내 손가락은 이미 메시지를 눌러버렸다. (역시 나는 누르고 후회하는 스타일.)

이미 눌러버린 김에 바로 영상 파일을 감상했다. 4학년이 만든 것 같지 않은 정말 멋진 영상이었다. 영상 감상을 마친 후 카톡을 종료하려는 순간, 프로필 사진이 수상했다.

아뿔싸! 프로필 사진에 내 얼굴이 있었다. 지난 현장 체험학습에서 아이들과 함께 셀카를 찍은 적이 있었는데, 바로 그 사진이었다. 다행히 사진 속의 나는 큰 선글라스를 끼고 있었다.

이왕 이렇게 되었으니 본격적으로 프로필 사진이나 구경해 볼까 하면서 카톡 프로필 사진 위의 숫자를 보았는데 '1/1'이었다. '1/5'나 '1/238'이 아니라 '1/1'이었다. 여러 장 중에 한 장이 아니라 한 장 중에 한 장이라는 것이 갑자기 의미 있게 느껴졌다. (역시 나는 의미 부여 잘하는 스타일.)

그다음은 상태 메시지를 확인할 차례다.

"선생님, 너무 예뻐요!"

으악! 기절이다. 남편도 아들도 해주지 않는 말이다.

'이 "선생님"이 내가 맞겠지? 암. 맞고말고! 프로필 사진이 1/1이잖아! 이건 오직 나를 향한 상태 메시지라고!'

나대는 심장을 부여잡고 카톡 화면 속에서 이것저것 확인하는 동안 나도 모르게 입꼬리가 올라갔다. 마치 숨죽여 로또 번호를 맞추고 있는 내 모습과 같았다. 로또 번호는 주로 혼자 맞춘다. 그리고 맞는 번호가 나오면 나올수록 목소리를 애써 누른다. 혹시 다음 번호도 맞을까 조마조마하며 아직 큰 소리는 못 낸다. 그러고는 앞서 맞은 번호를 재차 확인한다. 혼자 호들갑을 떨면서도 큰 소리를 내지 못하는 이것은 마치 소리 없는 아우성이다.

학생의 카톡과 상태 메시지에 이렇게 호들갑을 떨 일인가 싶으면서도 저녁 내내 기분이 좋았다. 내가 실제로 예쁜가 그렇지 않은가는 더 이상 중요한 문제가 아니었다. 그 저녁 시간엔 오직 나와 그 상태 메시지만 존재했을 뿐이다.

그저 '꼼꼼함'을 들고만 다녔던 나 자신 덕분에 오늘은 '저녁 카톡'으로 행복해졌다.

# 2.

## 크세니아 외할머니

아침부터 우리 반 크세니아가 찾아왔다.

"선생님. 내일. 우리. 할머니. 학교에."

크세니아의 한국어 말하기 실력은 아직 좀 서툴지만 그렇다고 못 알아들을 정도는 아니다.

"내일 할머니가 학교에 오신대?"

"네."

"왜?"

"우즈베키스탄. 한국 처음 와서. 학교. 같이."

"아, 할머니께서 한국 처음 오셔서 크세니아 학교 보러 오시는 거야?"

"네."

"언제 오셔?"

"아침."

"아, 할머니께서 아침에 크세니아 데려다주시면서 학교를 구경하러 오고 싶으신 거구나?"

"네."

크세니아는 '바로 그거야! 너 참 잘 알아듣는구나!' 이런 표정을 지었다.

갑자기 생각이 많아졌다. 우즈베키스탄에서 처음 한국으로 오신 크세니아의 할머니라!

"그러니까 '잇츠 퍼스트 타임'이라는 거지?" (갑자기 웬 콩글리시?)

크세니아는 알아들었는지 고개를 끄덕였다.

크세니아 할머니의 첫 한국 방문. 그리고 한국 학교로의 첫 방문. 나는 마치 대한민국 홍보대사가 된 듯한 무거운 책임감을 느꼈다.

어떻게 해야 할까 고민하다가 러시아어로 환영 인사를 해드리기로 결정했다. (한복을 입기로 하지 않은 것이 다행.)

"크세니아, 선생님이 쯔.뜨.라.뜨.브.이.쩨. 이렇게 인사드릴까?"

"선생님! 그게 아니고 쯔뜨라뜨브이쩨."

크세니아는 내 발음이 틀렸다고 정확하게 다시 바로잡아 주었다.

한글 철자대로 읽는 것이 아니었다. -S, -Z 같은 느낌의 억양을 한껏 더해야 했다.

세 번 정도 반복해서 크세니아에게 합격을 받았다.

"크세니아, 선생님이 러시아어 인사하고 나면 혹시 할머니께서 선생님이 러시아어 잘하는 줄 아실 수 있으니까, 인사만 할 줄 안다고 꼭 전해드려."

"네."

갑자기 한국 홍보대사로 변신한 나는 혼자 흐뭇해했다.

다음 날 아침 러시아 인사말을 되뇌이며 출근했다.

중앙현관을 지켜주시는 지킴이 선생님께 혹시 4학년 4반의 크세니아 할머니가 방문할 수 있으니, 의심하지 마시고 통과시켜 주시기를 부탁드렸다.

'아, 이렇게까지 완벽할 일인가!'

오늘도 혼자 감탄했다. 긴장된 마음으로 교실에서 기다리다가 드디어 크세니아 할머니를 만났다.

"쯔뜨라쁘브이쩨."

머뭇거리면서 인사드렸다.

예상한 대로 할머니께서는 내가 러시아어를 잘하는 줄 아시고 빠른 러시아어로 말씀하셨다.

나는 예상했다는 듯이 여유롭게 크세니아에게 말했다.

"크세니아, 선생님이 인사밖에 못 한다고 말씀드려 줘."

설명을 들은 할머니는 고개를 끄덕이며 웃으셨다. 그다음 대화부터는 크세니아가 통역을 했다.

"크세니아가 학교생활 정말 잘하고 있습니다. 공부도 잘하고, 춤도 잘 추고 착합니다."

크세니아는 본인 칭찬을 직접 통역하는 것을 조금 부끄러워했지만, 할머니께서는 듣는 내내 그저 흐뭇해하셨다.

"크세니아 어머님도 열심히 크세니아를 키우고 계십니다. 바쁘신데도 크세니아에게 좋은 경험을 많이 시켜주십니다."

이내 할머니 눈시울이 붉어졌다. 타국에서 고생하는 따님이 기특하기도, 안쓰럽기도 하셨던 것 같다.

급히 대화를 마무리하고 보내드려야 하는데 어떻게 마무리해야 할지 막막했다. 아뿔싸! 만나는 인사만 죽어라 외우고 헤어지는 인사는 준비를 못 했다.

완벽한 준비에 심취되어 있었던 나 자신이 부끄러워졌다. (쥐구멍 찾는다. 찍찍.)

"안녕히 가세요."

한국말로 말씀드리고, 고개를 까딱까딱했다.

최대한 예의 바르게 표현하고 싶어서 배꼽에 두 손을 모으고 엉덩이를 뒤로 빼고 허리를 연신 굽혔다 폈다.

이 정도면 작별 인사를 알아들으셨을 것이라고 생각했다. 할머니께서도 살짝 눈치를 보시더니 나처럼 어색하게 인사를 하셨다.

어정쩡하게 인사했던 내 자세를 빨리 잊고 싶어서 양손을 엄청 빠르게 흔들었다. (아니야 아니야. 이건 현실이 아닐 거야. 이게 진짜일 리 없어. 뭐 이런 느낌.)

크세니아의 할머니께서는 계단 저편으로 멀어지셨다. 나는 가을 단풍처럼 붉어진 얼굴로 교실에 들어왔다. 숨도 돌리기 전에 크세니아에게 헤어지는 인사를 물어봤다.

"다소비 다니아."

"다소비 다니아. 이거 맞아?"

크세니아가 흡족한 듯 고개를 끄덕였다.

잊지 못할 이별 인사다.

다소비 다니아.

(설마 나의 작별 인사를 비웃지는 않았겠지?)

# 3.
# 잠 못 잤다 쿨쿨

퇴근길에 핸드폰이 울렸다. 지호 어머니의 전화다.

"선생님, 오늘 점심시간에 지호가 울었어요."

"네?"

당황한 나는 머릿속으로 빠르게 되감기를 한다. 누구보다 빠르게 CCTV를 돌리듯이 오늘 있었던 일들을 샅샅이 뒤진다. 아무리 찾아도 지호가 운 장면은 없다. 어머니께 솔직하게 말씀드렸다.

"어머니, 지호가 오늘 무슨 일로 울었을까요? 제가 지호 우는 것을 전혀 몰랐네요."

"아, 점심시간에 있었던 일이라서 선생님께는 말씀드리지 않았다고 하더라고요."

휴. 안도한다. 하마터면 아이들에게 무심한 교사 딱지를 붙일 뻔했다.

"아, 그랬군요. 지호 이야기 듣고 많이 놀라셨죠? 그래도 이렇게 전화해 주셔서 정말 감사해요. 이렇게 전화 주시면 제가 일이 더 커지기 전에 바로바로 처리할 수 있어서 참 좋습니다. 제가 내일 출근해서 바로 처리하고 다시 연락드리겠습니다."

"네, 선생님 감사합니다."

후. 등줄기 땀샘들이 곧장 활동을 멈추고는 오늘도 수고 많았다고 동그란 내 등을 두드려줬다.

사실 지호와 지호 어머님은 이른바 '단골손님'이다. 사소한 일에도 언제나 나를 찾기 때문이다. 그렇다 보니, 솔직히 나도 사람인지라 언제나 친절한 마음으로 응대하기는 쉽지 않다.

그러나 원칙은 있다. '사소한'이라는 가치 판단은 언제나 배제한다. '사소한'이라는 것은 상대적인 개념이다. 그들이 나를 찾아오는 이유는 언제나 '심각한' 것이기 때문이다.

교사 입장에서는 '뭐 이런 걸로 다 울지?', '뭐 이런 걸로 다 전화를 하지?'라고 생각이 드는 일도 있다. 그러나 그 판단에 마음을 다 빼앗겨 버리면 해결할 수 있는 의욕이 사라진다. 지혜도 떠오르지 않는다.

수년간의 경험에 비추어봤을 때 나에게 가장 유리한 방법은 바로 '가치 판단의 배제'와 '공감'이다.

사실 공감되지 않는 일에 공감하는 것은 참 어렵다. 이렇게까지 해야 하나 싶다. 영혼 없는 공감이 과연 무슨 도움이 될까 싶은데, 놀랍게도 가끔 영혼 없는 공감이 먹힐⑦ 때가 있다.

때때로 학생과 학부모들은 나의 영혼 없는 공감을 눈치채지 못했다 (라고 생각할 정도로 문제가 쉽게 해결된 경험이 있습니다). 처음에는 영혼 없는 공감이 참 쓸데없는 소모라고 생각했다. 예리한 나의 주변인들은 영혼 없는 공감 좀 그만하라며 언제나 나를 놀려댔다.

그런데 그것조차도 달콤한 한 방울의 꿀처럼 느끼는 학생과 학부모들을 많이 만났다. 그럴 때마다 '아, 정말 공감이 고팠구나! 결국 그들이 원하는 것은 공감이었어!'라는 생각이 들면서, 영혼 없는 공감에 힘을 쏟은 보람이 느껴졌다. 그리고 영혼 없는 공감이 꼭 나쁘지만은 않다는 결론을 내렸다. 언제나 영혼 있는 공감을 할 수 있다면 참 좋다. 그렇지만 때때로 영혼 없는 공감이어도 괜찮다.

다음 날 지호를 불렀다.

"지호야, 어제 점심시간에 속상한 일이 있었다면서? 왜 선생님한테 이야기를 안 했어? 선생님이 어제저녁에 어머니 전화 받고 정말 깜짝 놀랐잖아. 속상했을 지호를 생각하다 보니 밤새 한숨도 못 잔 거 있지. 많이 속상했지?"

"네. 그런데 이제는 괜찮아요."

"그래? 다행이다. 그런데 선생님은 지호가 학교에서 있었던 일은 선생님에게 바로 이야기해 줬으면 좋겠어. 속상한 일을 집에 가져가서 하룻밤 자면 지호가 너무 힘들잖아. 그럼 선생님도 가슴이 찢어진다고. 알겠지?"

"네. 그럴게요."

오늘의 공감 지수는 '진짜:가짜=7:3'였다. 왜냐하면 잠은 잘 잤기 때문이다. 그것도 쿨쿨. 좀 찔리긴 했지만 그래도 안심하는 지호의 표정을 보니 적절한 표현이었다는 생각이 들었다.

빵을 만들 때 밀가루에 효모나 탕종을 넣어서 빵을 더 부드럽게 만드는 것처럼, 진짜 공감 가루에 '가짜 공감 가루'를 적절히 배합하면 상황이 좀 더 부드러워진다. 그 결과 가끔은 내 의도보다 더 상황 해결이 쉬워지는 경험도 할 수 있게 된다. 그러니 몰래 배합한 '가짜 공감 가루'에 대한 죄책감은 조금 접어두어도 괜찮다.

그러나 가끔 나도 말도 못 할 만큼의 죄책감을 느낄 때가 있다.

그래서 오늘도 잠을 통 못 잔다. 쿨쿨.

# 4.
## 오! 나의 오백 원

요즘 우리 학년 선생님들은 고구마에 빠져 있다. 아침마다 부지런히 구워다 주시는 따뜻한 선배 선생님들 덕분에 우리는 '맥 모닝' 대신 '고구마 모닝'의 시간을 갖는다.

고구마로 예열(?)된 우리는 바로 수다로 직진한다. 오늘의 수다 주제는 초등학생의 사랑 이야기다.

20년 전, 어느 초등학교에 재학 중이던 1학년 남학생의 사연이다. 남학생은 방과 후에 신나게 오백 원어치 간식을 사 먹고 집에 들어갔다. 아들에게 용돈을 준 적이 없던 부모님은 그 돈의 출처를 추궁했다. 소년은 해맑게 친구가 돈을 주어서 맛있는 것을 사 먹었다고 했다. 부모님은 그 말을 곧이곧대로 믿을 수 없어 담임교사에게 전화했고, 다음 날 담임교사는 돈을 받은 소년과 돈을 준 소녀를 소환했다. 조사 끝에 소녀가 소년에게 오백 원을 준 일은 사실이라는 것이 밝혀졌다. 그당시만 해도 1학년 학생들이 오백 원이라는 큰돈을 주고받는다는 것이조금은 이상한 거래였기에 담임교사는 혹시 협박이나 모종의 채무 관계⑦가 있는지 낱낱이 파헤쳤다. 그러나 의욕적으로 시작한 담임교사의 취조 활동은 이렇다 할 결실 없이 허무하게 끝이 났다.

"어제 아빠가 저한테 맛있는 거 사 먹으라고 오백 원을 주셨어요. 그런데 저는 제가 먹는 것보다는 ○○이가 먹는 것이 더 좋을 것 같아서 그냥 ○○이한테 줬어요. ○○한테 오백 원 줘서 기분이 좋았어요."

소녀의 순수한 사랑을 오해했던 담임교사의 이야기였다. 이야기를 듣고 나니 문득 오늘 남편에게 이유 없이 오백 원을 줘봐야겠다는 생각이 들었다. (나는 여자 최수종인가?)

"내가 먹는 것보다는 당신이 맛있는 거 먹는 게 더 좋을 거라고 생각했어."

급히 가방 속에서 오백 원을 찾아서 챙겨놓고 멋진 멘트까지 준비한 오전 시간이었다.

오후에는 업무 때문에 팩스를 주고받을 일이 생겼다. 수업을 마치고 후다닥 행정실로 내려가서 팩스를 기다리고 있었다.

"왕!"

다른 학년의 한 젊은 여자 선생님이 내 등을 치며 소리를 질렀다.

"응?"

친하지 않은 선생님의 진심이 담긴 장난에 조금 당황했다. 이것은 마치 운전 중에 신호를 기다리고 있는데 뒷차가 와서 쾅! 박은 느낌이었다.

"앗, 죄송해요, 선생님. 다른 분인 줄 알고 장난쳤어요. 놀라셨다면 정말 죄송해요! 너무 놀라셨죠? 정말 죄송해요! 죄송해요!"

아무 생각 없이 팩스 나오는 구멍⑦만 쳐다보고 있었기에 훅 들어온 장난에 깜짝 놀라긴 했다. 교통사고 피해자처럼 뒷목을 한번 잡아볼까 했다. 그러나 상대방 선생님이 죄송하다는 말을 백 번쯤 하면서 매우 조아리는 모습을 보니 차마 그럴 수 없었다.

"괜찮아요, 괜찮아. 미안하면 오백 원!"

"하하하."

일단 어색한 분위기는 해결. 그런데 나를 누구로 착각했는지 갑자기 궁금해져서 물어봤다.

"5학년 5반 선생님이신 줄 알았어요! 제가 그 선생님이랑 친하거든요."

음. 5학년 5반 선생님이라……

올해 이 학교로 전입해 왔기에 몇 학년 몇 반 선생님이라고 해도 바로 딱 떠오르지 않았다. 누군지 떠올리는 데 시간이 다소 걸렸다.

띠로리리리. (이것은 저의 두뇌 풀 가동 소리입니다. 지루해도 조금만 기다려주세요.)

앗! 그분은 20대로 무척 아름답고 늘 미소가 환하신 분!

출력이 되자마자 나는 외쳤다!

"어머! 그 20대 선생님?"

"네, 선생님 뒷모습이 진짜 똑같았어요."

"어머, 그럼 나 뒷모습은 20대인 걸로?"

"네네. 정말 젊어 보이세요!"

"고마워요. 앞으로는 뒤로 걸어 다녀야겠네. 호호호."

옆에서 우리의 어이없는 대화를 듣고 계시던 행정실장님께서 한마디 거드셨다.

"선생님, 오백 원을 받으실 것이 아니라 오히려 주셔야겠어요!"

"아, 그러게요. 오백만 원도 드릴 수 있을 것 같네요. 하하하하하."

미안하지만 그날 저녁 나는 남편에게 오백 원을 주지 않았다. 더 주고 싶은 사람이 생겼기 때문이다.

다음 날 아침 바로 편의점으로 갔다. 나의 소중한 오백 원에 돈을 살짝 더 보태 비타민 음료수를 샀다. 그리고 어제 그 선생님에게 바로 선물했다.


가방 속 오백 원이 주인을 제대로 잘 찾아간 아침이었다.

# 5.
## 진짜 화가 나는 건

전담 시간이 끝난 쉬는 시간이었다. 연구실에 있는데 우리 반 아이들이 우르르 몰려왔다.

"선생님, 지금 애들이 싸우고 난리가 났어요!"

일단 아이들의 표정을 살폈다. 아직 얼굴에 웃음기가 있는 것을 보니 그래도 심각한 상황은 아닌 듯했다. 안심은 했지만 그래도 싸움은 싸움인지라 나는 마치 상자 속에 숨어 있다가 상자가 열리면 폭발적으로 튕겨 오르는 스프링 인형처럼 연구실에서 바로 튀어 나갔다.

교실에 도착하니 상황은 이미 종료되었지만 교실 분위기가 어수선했다. 우는 아이, 씩씩거리는 아이, 웃는 아이가 뒤섞여 있었다.

이런 분위기라면 초기에 진정시키는 것이 중요하다.

"모두 자리에 앉아, 다 엎드려."

2시간의 전담 시간 후의 만남이었기에 일단 상황 판단을 위해 아이들을 모두 진정시켰다. 그리고 차분히 상황 파악에 들어갔다.

이 어수선한 상황에 관련된 아이들은 모두 다섯 명이었다. 이 학생들을 A, B, C, D, E로 칭하겠다.

시작은 A, B, C 학생의 사소한 몸 장난에서 시작되었다. 몸 장난을 하면서 놀다가 A, B가 C를 껴안았다. 답답한 C는 하지 말라고 했지만, A, B는 못 들은 채 계속 그 장난을 했고, 결국 C는 울음을 터뜨렸다. (C는 분명히 거부 의사를 밝혔다고 했지만, A, B는 못 들었다고 했다. 증인 확보 실패로 결국 이 부분은 확인 불가.)

그런데 갑자기 관련 없던 D가 나타나서 A, B에게 뭐라고 했고, 결국 A, B, D의 싸움으로 번졌다. 지나가다 이 모습을 본 E는 또 D에게 '네가 뭔데 나서냐'며 일이 커졌다. 이렇게 일이 커지는 사이에 교실은 그야말로 아수라장이 되었다. 심지어 A, B, C, D, E의 지지자들까지 생겨나 각각 세력을 형성하기 시작했다. 어떤 학생은 진심으로 친한 친구 편을 들어주느라 바빴지만, 어떤 학생은 이 싸움판이 그저 재미있었다. 이건 뭐 일단 싸우고 보자는 학급 분위기가 된 것이다.

흠.

일단 A, B와 C를 사과시켰다. 확인할 수 없는 부분은 제외하고 A, B가 하지 말아야 할 행동을 한 것에 대하여 말해주었다. C도 처음부터 거부한 것이 아니고 본인도 위험한 장난에 동참한 부분이 있음을 상기 시켜 주었다.

다음 D, E 학생을 불렀다. 사실 D, E는 평소에도 이런 일로 나에게 지적을 받았던 적이 있었다. 오지랖이 넓어서 어디든 참견하는 D, 의로움을 화로 승화하는 E.

어쩌면 사소하게 넘어갈 일도 D, E가 관여하면 일이 늘 커졌다. 어떤 날은 D, E가 서로 싸우기도 했다. 나는 학급에서 일이 생길 때마다 D, E의 오지랖과 의로움에 공감해 주었다. 덧붙여 더 좋은 해결 방법도 생각해 보자고 늘 이야기하고 부탁했었다.

"너희들의 관심이 싸움이나 상처로 끝나는 것이 아니라 따뜻한 오지랖, 멋진 의로움이 될 수는 없을까?"

그러나 오늘도 또 사건이 발생하였다.

문득 요즘 즐겨 보는 드라마 〈재벌집 막내아들〉이 생각났다.

재벌집 첫째 손자가 할아버지의 고려청자를 깼는데, 본인이 아니라면서 막내 손자와 싸우는 장면이었다. 무척 비싼 고려청자를 깬 첫째 손자에게 할아버지께서 해주신 말씀은 고려청자를 깬 일에 대한 꾸중이 아니었다.

"너는 이 집 장손이다. 나는 오늘 네가 저 도자기를 깬 일을 가지고 혼을 내려는 것이 아니다. 이 일에서 감정을 제어하지 못한 것을 꾸짖으려 한다. 모름지기 기업을 이끌어갈 사람들은 감정을 잘 다스려야 한다."

갑자기 떠오른 생각 덕분에 나는 재벌집 할아버지에 빙의되어 통 크게 아이들에게 이야기했다.

"너희는 멋진 사람이 될 아이들이다. 나는 오늘 너희가 친구들 일에 관여한 것에 대하여 혼을 내려는 것이 아니다. 반 분위기를 흐려놓은 것에 대하여 꾸짖으려 한다. 요즘 우리가 감사하며 누리고 있는 긍정적이고 열정적인 우리 반 분위기는 선생님이 혼자 만든 것이 아니다. 우리 모두가 만들어놓은 것이고, 이렇게 함께할 시간은 고작 한 달밖에 남지 않았다. 그런데, 오늘 너희는 우리가 만들어놓은 그 시간을 모두 깨뜨린 것이다. 앞으로 크게 될 사람은 자신의 노력과 시간뿐만 아니라 다른 사람의 노력과 시간도 소중히 여길 수 있어야 한다. 친구들의 노력과 시간을 빼앗은 것에 대하여 정중하게 사과해라. 오늘 선생님이 진짜 화가 나는 것은 이것이다."

어느새 두 아이는 눈물을 흘리고 있었다. (오해하지 마세요. 체벌 없음. 눈빛도 꽤 부드러웠음.) 그리고 반 아이들에게 정중히 사과를 했다.

"얘들아, 너희들의 노력과 시간을 빼앗아서 미안해."

교실은 숙연해졌다.


사실 나도 다른 사람의 노력과 시간을 빼앗은 것에 대하여 사과를 시켜본 것은 처음이다. 다만 이 소중한 아이들과 지낼 시간이 얼마 남지 않았다는, 아쉬운 그 마음을 담았을 뿐이다. 재벌집 할아버지처럼 눈에 보이지 않는 가치에 대하여 아이들과 이야기를 나누어보고 싶었다.

요즘, 얼마 남지 않은 이 시간이 그저 아쉽고 다만 소중하다. (애들아, 얼마 남지 않은 시간이지만 앞으로도 글감 제공 잘 부탁한다. 흐흐흐.)

# 6.
## 성적표의 역사

"행발 쓰던 경험을 쥐어짜도 도저히 긍정의 말을 해줄 수가 없어."

지난 여름 영화《토르》를 보고 나온 친한 선배 교사의 한마디였다.

여기서 행발은 '행동발달상황'의 줄임말로, 교사들이 성적 처리를 할 때 자주 쓰는 단어다. 요즘 NEIS 시스템상 공식 용어는 '행동특성 및 종합의견'이다. 교직 경력이 10년 이상 된 교사들은 문장으로 학생들의 학교생활을 표현하는 성적표 또는 성적 처리 작업을 보통 '행발' 또는 '쫑알이'라고 한다. 나도 여전히 '행발'이라는 단어를 즐겨 쓴다.

이미 눈치챘겠지만 요즘 행발은 긍정의 집약체다. 처음부터 그랬을까? 물론, 그렇지는 않았다. 유명 연예인의 몇십 년 전 학교 성적표를 보면 '본인 주장이 강해 친구들과의 싸움이 잦음'이나 '도벽이 있음' 등의 원색적인 표현을 심심치 않게 만날 수 있다. 그러면 행발은 도대체 언제부터 긍정의 집약체가 되었는가? 갑자기 그 역사가 궁금해진다. (궁금하시죠? 도망은 가지 마시고요.)

학기 말, 학년 말이 되면 선생님들에게는 '성적 처리'라는 과업이 주어진다. 물론 평가는 평소에 해놓지만 그것을 NEIS 시스템에 입력하는 작업이 필요하다. 평소 학생의 학습 태도나 수행평가에서 보여준 모습을 세밀한 문장으로 풀어서 입력한다. 이때 모든 교사는 작가가 된다.

약 18년 전에는 행발 입력이 힘들긴 했어도 솔직할 수 있었다. 학생의 잘하는 점, 부족한 점이 분명하게 드러났고, 그런 성적표에 대해서 누구도 반기를 들지 않았다.

그러나 점점 행발은 변질⑦되기 시작했다. 어느 날부터인가 평가 지침에는 행발을 긍정적인 관점으로 작성하라는 안내가 등장했다. 대다수의 교사들은 말도 안 되는 소리라며 코웃음을 쳤다. 긍정적인 아이는 긍정적이라고 쓰고, 부정적인 아이는 부정적이라고 써야지, 어떻게 부정적인 아이를 긍정적이라고 써주는 거짓말을 하느냐고 했다. 관리자들은 거짓말이 아니라 발전 가능성을 중심으로 기록하면 되는 것 아니냐고 했다. (말은 쉽지요.) 교사들은 당황했지만 이내 발전 가능성을 위주로 기록했다. (우리는 착한 족속들.)

그런데 한번은 같이 근무하던 한 선생님께서 성적 입력을 거부한 적이 있었다. 이유는 아무리 머리를 짜내도 발전 가능성이 좀처럼 보이지 않는 학생이 있다는 것이었다. 결국 성격 급한 관리자들은 뭐라도 얼른 써서 내라며 독촉했다. 이에 그 선생님은 거짓말 쓰지 말라고 해 놓고 결국 거짓말을 쓰라고 인정한 것이 아니냐면서 거짓말을 써내는 성적표가 무슨 의미가 있냐고 소리를 높이던 슬픈 사건이었다.

'되도록 긍정적인 행발 쓰기'는 마치 새마을 운동마냥 전국에 퍼졌다. 이 운동을 통해 교사들은 조금 더 긍정적인 관점으로 학생들을 바라보려는 시도를 하게 되었다. 이러한 변화는 긍정적인 효과라고 볼 수 있다.

그러나 긍정적인 효과를 비웃기라도 하듯 부정적인 효과가 우리를 기다리고 있었다. 학기 말, 학년 말이 되면 관리자들은 빨간펜을 들고 교사의 성적표에 첨삭지도를 하기 시작했다. 오직 오타와 부정적인 표현을 찾기 위한 여정이었다.

관리자들은 교사가 왜 그렇게 썼는지 궁금해하지 않았다. 대상 학생이 어떤 학생인지, 교사는 어떤 고민의 과정을 거쳤는지도 중요하지 않았다. 교사들 또한 관리자들이 왜 그렇게 첨삭⁽²⁾했는지 굳이 묻지 않았다. 경험상 어차피 성적표는 관리자의 의견대로 바뀔 것이기에 그냥 바꾸라는 대로 바꿨다.

'되도록'이라고 말했지만 거의 '무조건' 긍정적인 행발 쓰기를 강요 받다 보니 성적표를 작성하는 교사들의 어깨는 축 늘어지고 말았다. 더 슬픈 것은 '되도록 긍정적인 행발 쓰기 운동'의 정착 때문에 교사가 지인들의 빗발치는 전화에 시달리게 되었다는 것이다.

"우리 애 담임 선생님이 이렇게 써주셨는데, 이거 무슨 말이야?"

일단 학부모들은 긍정적인 행발에 안도했다. 그러나 문제가 발생했다. 도저히 해석이 안 된다는 것이었다. 슬프게도 요즘 엄마들 사이에서는 행발 해석 공식이 존재한다. 심지어 교사의 영업기밀이라며 이 행발 해석법을 알려주는 책까지 있을 정도다. 예를 들면 '언제나 친구들에게 관심이 많고 무척 활동적이며'는 '집중력이 떨어지고 산만하다'로 해석될 수 있다는 등의 꿀팁을 전수한다.

사실 나도 수년간의 트레이닝(?) 끝에 '긍정적인 행발 쓰기 실력'을 갖추게 되었다. 그래서 어느 날부터인가 뜻하지 않게 지인들의 성적표를 해석해 주는 재능기부를 하게 되었다. 지인들은 나의 해석을 듣고 나면 마치 용한 점쟁이를 만난 듯 밝은 얼굴을 하고 돌아갔다.

올겨울 나는 또다시 '되도록 긍정적인 행발'을 쓰려고 책상 앞에 앉아 있다. 올해 교실에서 긍정의 힘을 강조하고 또 강조한 나도 긍정적인 행발은 여전히 어렵다. 지금 이 시간 찬바람 속에서도 우주의 기운을 끌어모으는 대한민국의 모든 교사에게 월드컵보다 더 뜨거운 응원을 보내고 싶다.

긍~정 행발! 짝짝짝 짝짝!

# 7.
## 교간 선생님

2021년 2월 말. 교장 선생님께서 교장실로 급히 부르셨다.

"유 부장! 인사해! 앞으로 같이 근무할 분인데, 이분은 교간이야."

"교관이요?"

"아니, 교관 아니고 교간!"

"교간이 뭐예요?"

"곧 교감이 될 건데, 아직 교감 발령이 안 났으니까 교간이야. 받침 니은이 곧 미음이 될 거야."

'교간'이라는 비공식적 용어를 받아들이기는 쉽지 않았지만 딱히 정의할 수 있는 용어가 없는 듯하여 그분을 '교간 선생님'이라고 부르기로 마음먹었다.

2021년 3월 1일 자로 우리 학교로 전입하신 A 교간 선생님은 2021년 한 해 동안 정말 행복한 학교생활을 하셨다. 2020년까지는 교무부장을 하면서 정말 힘들었는데, 2021년에는 그저 1학년 담임으로만 학교를 다니게 되어 몸과 마음이 편하고 좋다고 하셨다. 분명 마스크를 쓰셨는데 언제나 마스크 밖으로 웃음이 흘러넘쳤다.

교직 경력이 늘어나면서 주변에 승진하신 분들이 점점 많아지고 있다. 그분들께 교직 생활 중 언제가 제일 좋았냐고 여쭈어봤다. 대부분 교감연수대상자로 확정을 받거나 그 연수를 받은 후에 발령을 기다리는 이 시기, 즉 교간 선생님 신분인 기간이라고 말씀하셨다.

0.01점 또는 0.001점 차이로 교감이 될 수 있을 것인가 아닌가 하는 그 숨 막히는 기로 앞에서 합격이라는 통지서를 받아놓았으니 얼마나 행복하겠는가! 관리자와 교사 사이에 끼어 늘 눈치를 봐야 하는 그 어렵고도 무거운 교무부장의 자리에서 이제 내려와도 된다니 얼마나 신이 나겠는가!

이렇게 써놓고 보니 승진은 안 했지만 그 기쁨과 홀가분함을 조금은 알 것 같다. 내가 직접 경험한 적은 없지만 그동안 바쁘게 열심히 살아온 만큼 그 시간이 정말 달콤하게 느껴질 것이라는 생각이 든다.

되돌아보니 실제로 교간님들은 그 기간에 참 많은 일을 한다. 내 주변의 교간님들을 바라본 경험으로 몇 가지 정리해 봤다.

첫째, 돌보지 못한 가정을 돌본다. 보통 승진을 위해서 교무부장을 3~5년 정도 하는데, 교무부장님들은 그 기간 동안 학교에 거의 모든 에너지를 쏟는다. 그렇기에 교감연수대상자로 차출되면 그동안 바쁘다는 이유로 잘 살피지 못했던 가정 살림이나 가족을 돌본다. 실제로 이 기간에 몇 년 묵은 이삿짐을 푸셨다는 분이 계셨다. 또 가족과 긴 여행을 가시는 분도 보았다.

둘째, 마지막 담임교사의 역할을 즐긴다. 앞으로 온전히 담임교사로서 아이들을 만날 기회가 없다는 생각에 정말 열정을 쏟아내시는 분들을 봤다. 일 년 동안 아이들과 쓴 글을 엮어서 문집을 내신 분도 있고, 학부모들과 독서 모임을 만들어 운영하시는 분도 봤다.

셋째, 미뤄둔 미모⑦를 챙긴다. 특히 여자분들은 소소한 시술이나 쁘띠 성형에 도전하시기도 했다. 얼굴에 테이프를 잔뜩 붙이고 오면 주변 선생님들은 다 이해한다는 듯이 고개를 끄덕였다. 또 교감이 되면 입을 '발령복'을 사러 간다면서 정장을 잔뜩 구매하신다.

아, 마지막 한 가지가 빠졌다! 이 기간에 교감님들은 주변 사람들을 챙긴다. 바쁘다는 핑계로 미뤄두었던 모임들에 참석하시면서 좋은 말씀을 많이 해주신다. 새로운 역할에 대한 두려움과 설렘을 털어놓고, 그동안 차마 하지 못했던 고생담⑦도 조금 가벼운 마음으로 털어놓는다. ('이제는 말할 수 있다'가 시즌 10까지는 나올 것 같은 느낌.)

마지막으로 나같이 철없는 후배들에게 따뜻한 덕담을 나눠주신다. '이럴 땐 이렇게, 저럴 땐 저렇게 해라' 하시면서 진짜 주옥같은 말씀을 많이 해주신다.

그리고 몇 개월 뒤 그들은 교감이 된다. 다시 치열한 현장 속으로 딥

다이브! 그것도 신규의 신분으로!

2022년 3월. A 교감 선생님께서도 발령을 받으셨다. 가끔 통화해 보면 3월은 진짜 정신이 하나도 없었다고 하셨다. 바쁘면서 동시에 속상한 일도 많은데 어디에 이야기하기도 어렵다는 속 이야기도 털어놓으셨다. 잘하실 수 있다고 응원도 해드리고 마음속으로 기원도 했다.

그리고 얼마 전 송년 모임에서 A 교감 선생님을 만났다.

"교감 선생님, 정말 고생 많으셨어요. 올해 학교 적응하느라 많이 힘드셨죠?"

"휴. 올해 정말 힘들었어. 교간이랑 교감은 받침 하나 차인데 왜 이렇게 힘드냐? 니은에서 미음으로 바뀌는데 정말 죽을 뻔했다야. 하하하하하."

죽을 뻔했다는 선배님 앞에서 갑자기 이 노래가 생각났다.

'님이라는 글자에 점 하나를 찍으면 도로 남이 되는 장난 같은 인생사.'

그리고 속으로 혼자 개사를 해봤다.

'교간이란 글자에 미음 받침 바꾸면 바로 교감 되는 장난 같은 발령장.'

내년 3월 1일 자 교감 발령장을 기다리고 있는 교간 선생님들께 이 노래를 바친다. (오늘도 쓸데없이 비장함.)

그리고 남은 2개월 더 알차게 행복하시기를 빌어본다. (교감이 행복해야 교사들이 행복할 수 있다는 것은 안 비밀.)

# 8.
## 반 배정의 비밀

'저 오늘 서브웨이 직원이 된 기분이네요.'

작년 12월 교사 커뮤니티에 올라온 글의 첫 문장이었다. 유쾌한 호기심을 가지고 글을 읽어 내려갔는데 이내 기분이 팍 상했다. 그 이유는 바로 글 속에 담겨 있는 한 학부모의 심각한 반 배정 주문(?) 때문이었다. 그 학부모는 'ㅇㅇㅇ은 빼주시고요. ㅁㅁㅁ는 넣어주세요' 하면서 본인 자녀와 잘 지낼 아이들의 이름만을 쏙쏙 골라 담임교사에게 주문을 넣었다고 한다. 글을 다 읽고 나서 '후' 하며 답답한 속을 달랬다.

물론 나 또한 반 배정과 관련한 전화를 받은 적이 있다. 그럴 때마다 나는 이렇게 답한다.

"어머니, 전화하신 마음은 충분히 이해합니다. 저도 최선을 다해보겠습니다. 그러나 반 배정은 저 혼자 결정할 수 있는 문제가 아니라서, 확답은 어렵다는 점 양해 부탁드리겠습니다."

이렇게 대답하고 나면 대부분의 학부모님은 이해하신다.

"네, 선생님. 알겠습니다. 그럼요, 다 이해하지요. 그래도 잘 부탁드립니다"라고 하시며 끝까지 잘 부탁한다는 마지막 어필을 꼭 남긴다. 자녀를 위해 실오라기라도 잡고 싶은 부모의 마음이 오롯이 느껴진다. 이렇게까지 담임교사에게 부탁하는 학부모님의 마음을 외면할 수 없어 메모를 남기고 꼭 기억해 놓는다.

종업식을 앞둔 3~4주 전부터 교사들은 분주하다. 삼삼오오 모여서 다음 학년 반 배정의 원칙을 수립한다. 학교 전체의 반 배정 원칙을 기본으로 하되, 세부적으로 결정해야 하는 특수한 사항이나 변수에 대해서는 학년별로 의견을 수렴하여 운영한다.

그래서 반 배정에 정답 같은 것은 없다. 그러나 궁금해하실 독자들을 위하여(?) 그동안 경험했던 방법 중에 대중적으로 많이 사용하는 한 가지 방법을 소개하자면 다음과 같다. (전국 모든 학교에 적용되는 방법은 아닙니다.)

먼저 교사들이 합의해서 만든 기준에 따라 학생들의 학업 성취도와 생활 태도를 수치화한다. 이 점수를 통해서 학생들을 새로운 학년의 각 반에 골고루 배정한다. 교사들은 이 결과를 하나하나 인쇄해서 꼼꼼히 살펴본다. 그리고 그 반의 분위기를 그려본다.

'이 반의 분위기를 주도할 학생은 누구인가? 이 반에서 담임교사를 힘들게 할 학생은 누구인가? 이 반 분위기에 어려움을 줄 수 있는 조합은 어떤 조합인가?'라는 질문을 던지며 끊임없이 토론한다. 선생님들은 같은 학년을 맡은 1년 동안 각 학급의 이야기를 수시로 나누기 때문에 다른 반 학생들의 성향을 자연스럽게 알게 된다. 그래서 대화는 물 흐르듯이 자연스럽다.

"선생님, 1반의 A와 B가 잘 싸우지 않았어요?"

"맞아요. 같은 반 안 됩니다."

"선생님, 3반의 C랑, 4반의 D랑 복도에서 자주 시비가 붙던데요?"

"맞아요. 저는 이 조합⑦ 무조건 반대입니다."

이렇게 선생님들은 학생 배정을 바꾸고 또 바꾼다. 그리고 이 과정에서 사전에 전화한 학부모님들의 의견을 공유한다. 물론 그 내용이 언제나 반영되는 것은 아니고, 모두의 공감을 얻어서 반 배치 우선순위에 올라야 비로소 반영될 수 있다.

그런데 여기서 꼭 필요한 사람이 있다. 바로 전담교사이다. 전담교사는 반 배정에 꼭 필요한 인력이다. 왜냐하면 담임교사보다 더 객관적인 관점을 갖고 있기 때문이다. 그래서 대부분의 담임교사는 반 배정할 때 전담교사를 꼭 초빙한다.

"사실 1반의 A보다는, 5반의 B가 더 난이도⑦가 높습니다."

이런 조언은 반 배정의 객관성 확보에 정말 많은 도움이 된다. 이후 학생들 사이의 케미⑦와 동명이인 등을 고려하여 수 차례의 수정을 거듭하면 마침내 다음 학년 반 배정의 여정은 대장정의 막을 내리게 된다.

그런데 수년간 반 배정을 경험하면서 느낀 점이 있다. 평소 대화가 많고 관계가 끈끈한 학년일수록 반 배정의 과정이 더 수월하다는 점이다. 반 배정에는 다양한 방법이 있지만 분명한 것은 100% 과학적인 방법도, 100% 비과학적인 방법도 아니라는 점이다. 결국 과학과 비과학의 적절한 조합은 담임교사들의 대화를 통해 결정되고, 그 대화와 토론은 결국 지난 1년간 그들이 공유한 순간들을 기반으로 한다. 그래서 공유한 순간이 많고 깊을수록 반 배정 과정이 더 수월하다.

더 수월하다는 것이 단순히 빨리 끝낼 수 있다는 것을 의미하지는 않는다. 교사들은 반 배정 과정에서 서로 기억하고 공감한다. 그 시간과 공간에는 정말 많은 이야기들이 출렁인다. 그리고 다 함께 새 학년 반 배정이라는 큰 파도를 넘는다. 마침내 큰 파도를 이겨낸 교사들은 수고했다며 서로의 등을 두드려준다.

"선생님 올해 △△△학생 때문에 많이 힘들었잖아요."

"그때 선생님 퇴근도 못 하시고 상담하느라 진짜 고생했잖아요."

이렇게 반 배정의 한 단계 한 단계를 차곡차곡 밟다 보면 어느새 새 학년 반 배정 결과가 우리 손에 들려 있다. 지친 모두는 서로의 눈을 마주치며 만족스럽다는 듯이 고개를 끄덕인다.

보통 고개가 끄덕여지는 것은 내가 그 반 담임을 맡았을 때 큰 무리 없이 받아들일 수 있다는 의미다. 단, 그 끄덕임의 강도는 모든 반이 비슷해야 하고, 모든 교사가 공감해야 한다. 그래서 우리는 눈을 맞추고, 끊임없이 묻고 대답한다.

세상에 가장 어려운 일이 모두를 만족시키는 일이라고 하지 않았던 가? 그런데 우리는 그 무모한 일에 불평 없이 뛰어든다. 매년 언제 끝날지도 모르는 그 작업 앞에 무식하리만큼 진심을 담는다.

어쩌면 진짜 내가 그 반 담임이 될 수도 있으니까. 내 동료가 그 반 담임이 될 수도 있는 거니까.

# 9.
## 브런치 쓰는 소리 하고 있네!

"아! 이 글 너무 재미있다! 내가 썼지만 참 재미있네!"

글 한 편을 완성해 놓고 호기롭게 '브런치'로 향했다.

브런치는 예비 작가들이 글을 올리는 플랫폼이다. 수익이 창출되는 곳은 아니고, 예비 작가들이 글을 올리는 곳이다 보니 출판사 관계자들과 잘 연결될 수 있다는 장점이 있다. 한마디로 예비 작가들의 '습작 무대'라고나 할까?

사실 나는 브런치 사이트의 존재만 알고 있었다. 거기서 엄청난 인기를 끈 글들이 책으로 출판될 수 있다는 정도까지만 들었다. 글쓰기를 전공한 것도, 오랫동안 꾸준히 써온 것도, 책을 많이 읽은 것도, 직업적으로 엄청난 내공이 있는 것도 아니었기 때문에 감히 접근할 생각을 못

했다.

그런데 에세이 한 편을 쓰고 나니 왠지 모를 자신감이 생겼다. 그래서 브런치로 직진. 작가 신청을 눌렀더니 작가 소개를 하란다.

'매일 작가가 될 수는 없지만, 글 쓸 일은 매일 있어.'

'그래 내가 적어주마!' 하는 마음으로 요즘 나에게 용기를 북돋아주는 문장을 적었다. 좀 있어 보이는 표현이었다. 그런데 그다음에 쓸 말이 없었다. 뒤통수가 조금 따가웠지만 딱히 더 쓸 말이 없으니 여백의 미를 남겨두고 일단 다음 페이지로 이동했다.

글의 목표나 목차를 쓰란다. 엥? 딸랑 한 편인데. 목차는 없고 요즘 푹 빠져 있는 경제 서적을 읽고 나의 삶에 적용한 이야기들을 쓰고 싶다고 적었다.

다음 페이지는 혹시 최근에 활동한 경험이나 본인 글을 기고한 것이 있다면 URL을 넣으라고 했다. 여기서 완전 좌절.

'아, 내가 뭔가 단단히 착각하고 온 것 같다. 이곳은 내가 놀 수 있는 놀이터가 아니구나! 이곳은 글 좀 쓰는 사람들의 놀이터인 것 같다. 이를 어쩌지.'

그래도 '브런치 도전 경험'을 얻겠다는 자기 합리화의 정신으로 엉망진창 작가 신청을 황급히 마무리했다. (이것은 마치 수능 점수 200점 학생이 터무니없이 서울대 원서를 써보고 나서 '나는 서울대에 지원했었다'라고 떠벌리고 싶어 하는 것과 같은 심리다.) 영업 기준일 5일 이내에 작가 여부를 알려준다는데, 기대가 전혀 되지 않았다. 이미 작가 신청하는 과정에서 탈락을 예감

했다.

4일 뒤 알림이 왔다.

'(시무룩 금지) 안타깝게도 이번에 모시지 못하게 되었습니다. 브런치 작가 되기 노하우를 확인해 보시겠어요?'

아! 저 얄미운 '시무룩 금지'를 어쩌면 좋지? 이미 신청 과정에서 시무룩해졌기에 더 이상 시무룩해질 필요는 없었다. 그래도 남은 시무룩이 있었는지 기분이 별로 좋지는 않았다. '브런치 작가 되기 노하우'를 찾아볼까 했는데 선뜻 눌러지지 않았다. 솔직히 말하면 브런치 작가가 된 사람들의 경험담이 너무 어마어마한 것들일까 봐 두려웠다. '어릴 적부터 문학소녀였다'든지, '글은 안 써도 책과 늘 함께했다'든지, 그런 식의 후기가 나올까 봐 두려웠다. 내가 심각하게 준비되지 않았다는 사실을 더 선명하게 비추어주는 글들과 마주치면 영영 브런치 작가에 도전할 수 없을 것만 같은 생각이 들었다. 그래서 애써 외면했다.

'그냥 쓰자.'

그리고 매일 학교에서 있었던 일을 썼다. 인스타그램 계정을 만들어 매일 올렸다. 쉽지 않았지만 그냥 썼다. 10개만 써서 브런치에 제대로 출격(?)하고 싶은 마음으로 썼다. 인스타그램에 '좋아요'가 표시되고 댓글이 달리기 시작했다. (사실 지인들이 대부분이었기 때문에 '좋아요'는 지인들이 눌러주는 '오픈빨'이었습니다.)

10개 정도의 글이 모이고 나서 다시 '브런치'에게로 갔다. (환불받으러 가는 느낌으로.)

"야, 브런치! 내가 왔다. 이번엔 글 좀 모아 왔어. 한번 볼래?"

브런치는 팔짱을 끼고 코웃음을 치며 나를 가소롭다는 듯이 쳐다보고 있었다.

먼저 작가 소개.

"안녕하세요. 경기도에서 초등 교사를 하고 있습니다. 때로는 열정적으로, 때로는 냉소적으로 교직 생활을 이어온 지 어느덧 18년이 되었습니다. 냉소적이었던 시간을 견딜 수 없어 글쓰기를 시작했고, 열정적이었던 시간 덕분에 남들과는 다른 조금 웃긴 글을 쓸 수 있게 되었습니다. 부족하지만 매일 인스타그램에 올리던 교직 일기를 이제 브런치에 올리고자 합니다."

꽤나 만족스럽다. (혼자 만족. 자랑하려고 하는 게 아니고 웃기려고 하는 거니 비웃으셔도 됩니다.)

다음은 브런치 활동 계획.

"글의 주제는 교직 일기입니다. 학급에서 아이들과 있었던 일, 동료 교사와 있었던 일 등을 조금은 재미있고 따뜻한 시선으로 써보고자 합니다. 저는 매일 글감을 채집하러 출근합니다. 대략의 목차는 없지만 매일매일 잡아 올린 신선한 글감으로 가심비 좋은 '오마카세'를 선물해 드릴게요."

패기와 아부가 섞인 멘트. '오마카세'에서 빵 터지겠지? 느낌이 좋다. (빨리 더 많이 비웃어주세요.)

활동 URL을 넣으라는 칸에는 인스타그램 주소를 넣었다. 사실, 인스타그램에 올렸던 글들을 그대로 '복사+붙이기'한 것이라서 그다지 의미가 없을 것 같다고 생각했다. 그러나 1차 도전 시기의 초라했던 나를 외면할 수 있어서 한편으로는 뿌듯했다.

알림은 약 4일 뒤쯤에나 올 거라고 생각하고 글감을 채집하고 있는데, 예상치 못한 순간에 알림이 왔다.

"브런치 작가가 되신 것을 진심으로 축하드립니다! 글 발행에 앞서 프로필에 '작가 소개'를 추가해 주세요!"

우와! 믿어지지 않았다. 브런치와 '기 싸움' 하는 기분으로 도전했는데, 좋은 결과를 얻었다. 기쁘고 감사했다.

사실 브런치에 도전하면서 내 마음은 고무줄이 되었다. 글 한 편 써놓고 호기롭게 도전했다가 바로 '쭈구리'가 되었다. 탄성을 잃은 고무줄처럼 찌그러진 마음으로 쓰고 또 썼더니 결국 얄밉고도 거만한 그 녀석이 합격을 시켜줬다. (미움받은 브런치 둥절.)

사실 합격 기준도 잘 모르겠고, 브런치 작가가 어떤 의미인지도 잘 모르겠다. 그러나 꾸준히 쓰면 될 것 같다는 확신이 들었다. (자세한 것은 차차 쓰면서 알게 되겠죠?)

너무 기쁜 나머지 교실 뒷문을 박차고 나가서 옆 반 선생님께 자랑했다.

"선생님, 저 브런치 합격했어요!"

"브런치? 그게 뭐예요? 브런치도 합격해야 먹을 수 있는 거예요?"

나는 이제 '먹는' 브런치가 아니라 '쓰는' 브런치를 이야기할 수 있는 사람이 되었다.

# 10.

# 건 by 건

나의 글쓰기를 응원해 주는 미모의 선생님에게서 전화가 왔다. (받은 은혜를 주로 아부로 갚는 편.) 내 글에서 몸이 안 좋다는 내용을 보고 걱정되어 전화를 주셨다고 했다.

"선생님. 그동안 너.어.무. 달리셨어요. 이제 천천히 쓰셔도 됩니다요."

"하하하하하. 정신없이 썼더니 몸이 좀 쉬라고 하네요. 그동안 제가 너무 오버했죠?"

"아니에요. 잘하셨어요. 지난여름 선생님과 사진을 찍을 때, 저는 그 사진이 꼭 쓰일 날이 있을 거라고 생각했어요."

"네?"

지난여름, 부족한 글 몇 편을 들고 미녀 선생님과 만난 적이 있었다. 그 몇 편을 쓰는 동안 선생님은 나를 기다려주면서 응원하고 또 응원해 주셨다. 그런 선생님이 고마워서 작은 선물을 드렸다. 그리고 함께했던 그 순간을 남겨놓은 사진이 있었다.

감사하게도 선생님은 내가 브런치 작가가 되었다며 본인의 인스타 그램에 그 사진을 올려주었다. 또, 나의 인스타와 브런치 주소도 언급해 주었다. 덕분에 선생님의 예쁘고 멋진 작가 친구들이 대거 나의 인스타에 놀러 왔다. (앞으로도 잘 부탁드립니다. 도망 금지.)

"어머, 저는 선생님 일상을 올리는 사진 중에 하나라고 생각했어요. 그저 좋은 만남의 후기 정도?"

"아니에요. 저는 사진을 찍는 순간 이미 이런 상황을 다 예상하고 있었답니다."

와. 이 언니, 아니 이 동생 무섭다. (저보다 동생입니다.) 그녀의 시선은 현재에 머물러 있지 않으며 늘 선명하다. 그렇다고 현재를 놓치지도 않는다. 정말 멋진 동생이다.

"그래도 글을 써보시니까 어때요? 꾸준히 쓰시는 거 정말 멋져요."

"작가는 신나게 쓰는 날도, 힘겹게 쓰는 날도 있다는 것은 미리 알고 있었죠. 그런데 막상 다 겪어보니 완전히 다른 세계를 사는 느낌이에요. 이건 마치 롤러코스터를 타본 사람과 타보지 않은 사람의 차이인 것 같아요. 롤러코스터가 무섭기도 하고 재미있기도 하다는 건 누구나 알고 있지만, 그것을 진짜 타본 사람들만 아는 그 느낌이라는 게 있잖아요."

"맞아요. 그래서 선생님께서 겪으시는 지금 이 경험들이 모두 의미가 있어요."

이제는 더 이상 롤러코스터를 타보지도 않고 아노라고 떠드는 사람이 되고 싶지 않았다. 그냥 한번 타보고 싶었다.

어떤 이는 이미 잘 알고 있는데 뭐 하러 타냐고, 어떤 이는 위험하지 않냐고도 했다. 그러나 더 늙으면(?) 그 용기마저도 내지 못할 것 같았다. 타고 후회하더라도 그저 한번 타보고 싶었다.

글이 잘 써지는 날은 롤러코스터를 타고 하늘을 날 것만 같은 기분이 들었다. 그러나 예상치 못한 내리막길에 쫄깃해진 심장을 부여잡는다. '아!' 소리를 지르며 빨리 그 순간이 지나가기를 바란다. 나는 아직 내리막길에서 두 손을 번쩍 들고 겨드랑이를 활짝 열어 자유낙하를 즐기는 그런 위인은 못 된다. ('글이 안 써진다, 야호!' 이렇게 외칠 수 있는 날이 나에게도 왔으면!)

어제는 글이 안 써진다고 투덜거렸는데, 선생님과의 통화로 오늘은 그래도 쓸 마음이 조금은 더 생겼다. 그 용기를 가지고 블로그로 가서 블로그 챌린지를 올렸다. 다 올리고 나니 귀여운 듯 엉터리 같은 캐릭터가 나에게 메시지를 던졌다.

'한 건 했다! 주간 일기 달성!'

앗! 저 멘트 뭐냐. '잘했어! 파이팅!' 이런 멘트들보다 덜 간지러우면서도 아무한테도 들키고 싶지 않아 꽁꽁 숨겨두었던 나의 인정 욕구를 쓰담쓰담 만져주는 느낌이다. 대단한 칭찬이 아닌 듯하면서도 뻐근한 여운을 준다.

프리랜서들이 잘 쓰는 표현 중에 '건 by 건'이라는 표현이 있다.

한때 '건 by 건'을 남몰래 동경했던 시절이 있었다. 매일 수백 '건'을 견디고 해내도 월급이 오르지 않는 나 같은 공무원은 절대 경험할 수 없는, 뭔가 멋진 표현이라고 생각했다. 그럴 때마다 프리랜서 친구들은 '건 by 건'이 얼마나 힘든지 아느냐고 했다. 별걸 다 부러워한다며 선생님이나 열심히 하라고 혼을 냈다. (별걸 다 부러워함. 별다부.)

그 동경과 미련을 잘 버무려서 앞으로 내 글쓰기는 '건 by 건'으로 가기로 했다. 직업은 공무원이지만 마음만은 프리랜서가 되기로 했다. 가격은 잘 모르겠지만, 잘 쓰든 못쓰든 그냥 매일 한 건만 하련다.

이런 마음으로 쓰기로 했다. 너무 심각하지 말자.


오늘도 나는 건 by 건.

2부

수업과 공문 사이

# I.
# 오히려 좋아

　매년 학기 초에는 아이들과 반의 숫자를 넣어 우리 반 별명을 짓는다. 우리 반 숫자를 넣고 특별한 의미를 부여하는 일이라, 아이들이 어려워하면서도 흥미로워하는 활동이다. 예를 들면 다음과 같다.

　　1반이면 제1 잘하는 우리. (1등의 이미지를 팍팍 살린다.)
　　2반이면 2렇게나 멋지다니! (자아도취가 사랑스러운 아이들이다.)
　　3반이면 3성 전자 비켜! (1등 기업을 이겨보겠다고 한다.)

　올해는 4학년 4반. 금기의 숫자 4가 두 개나 들어가 마음이 싱숭생숭했다.

어럽쇼? 심지어 교실 위치도 4층이다! 이걸 어쩌나. 고민하다가 아이들이 헤맬 때 슬며시 꺼내놓을 초안과 스토리텔링을 좀 만들어두었다. (처음부터 보따리를 풀어놓는 건 하수, 분위기가 무르익었을 때 푸는 건 중수, 제발 좀 보여달라고 애원할 때 푸는 건 고수.)

먼저 그동안 내가 지도한 반들의 별명 리스트를 보여주었다. 이번 엔 4반이니까 '4'를 넣어서 의미 있는 우리 반만의 별명을 만들어보자고 제안했다.

4고뭉치, 4주팔자, 4자우리.

호기롭게 달려든 아이들의 아이디어다. 그러나 본인들도 썩 맘에 들지는 않았는지 고개를 갸우뚱거렸다. 교실을 가득 채웠던 팽팽한 도전 에너지가 바람 빠진 풍선처럼 점점 힘없이 쪼그라드는 느낌이 들었다. 아이들은 '누가 이 분위기 어떻게 좀 해주었으면'이라는 눈빛으로 애처롭게 나를 쳐다보았다.

후훗. 드디어 내가 준비한 보따리를 풀 시간이 왔군.

"얘들아, 나는 너희들이 서로 사랑했으면 좋겠어. 그래서 내 의견 은 '서로 4랑하는 반'이란다. 어때?"

"좋아요!"

"그런데, 선생님은 우리가 4학년 4반이니까 4를 하나 더 넣어서 '4 로 4랑하는 반'도 괜찮을 것 같다는 생각이 들었어. 우리가 보통 4라는 단어를 나쁘게 생각하잖아. 그런데 이왕 4학년 4반이 된 거, 숫자 4를 오히려 즐겨버리면 어떨까 하는 생각에서 말이야."

"아! '오히려 좋아.' 이런 거요?"

"응. 맞아. 우리는 삶에서 싫거나 피하는 게 오면 피해야 한다고 생각하는데, 선생님이 살아보니까 그것보다는 오히려 그걸 즐기고 디딤돌로 활용하면 더 크게 성공하는 경우가 많더라고. 그래서 너희들한테 4학년 4반을 즐기자는 이야기를 해주고 싶었어. 올 한 해 4학년 4반을 즐기고 나면 너희들은 진짜 멋진 아이들이 되어 있을 거야!"

"대박!"

"역시! 선생님은 천재였어!"

몇몇 아이들은 엄청난 깨달음을 얻은 듯이 외쳤다. (물론 여전히 관심 없는 아이들도 있음.) 수업 시간 내내 짧은 팔로 어색한 팔짱을 낀 채 살짝 옆으로 비껴 앉아 있었던 시크한 준우가 손을 들었다.

"선생님!"

"응?"

사실은 다소 불손한 태도를 가진 준우가 내 의견이 유치하다고 말할까 봐 조마조마했다. 쫄리는⑦ 내 마음을 들키고 싶지 않았다. 최선을 다해서 세상에서 가장 인자하고 편안한 표정을 지으며 대답해 주었다.

"그럼, '4로 4랑하4'는 어때요?"

"어떤 이유가 있을까?"

이번에도 최대한 부드럽게 응수했다.

"이왕 4를 즐기기로 한 거 4를 한 번 더 넣으면 좋겠어요. 어차피 우리 교실이 4층이잖아요. 그러니까 4로 4랑하4."

"와! 좋아요."

누가 먼저랄 것도 없이 아이들이 손뼉을 쳤다.

혹시 반항하지는 않을까, 분위기를 흐리는 발언을 하지는 않을까 걱정했던 내가 부끄러워졌다.

"와! 준우야, 멋진 생각이다. 성경에도 '하느님이 세상을 이처럼 사랑하사.' 이런 표현이 있잖아. 종교를 떠나서 우리 반 별명 끝에 4를 넣는 것도 좋은 아이디어인 것 같아. 준우 덕분에 우리 반 별명이 더 고급져졌네! 선생님이 한 수 배웠다. 고마워!"

'4로 4랑하4'

드디어 우리 반 별명이 지어졌다. 나는 우리 반 별명을 예쁘게 프린트에서 교실 여기저기에 붙였다. 교실에 4가 세 개나 붙어 있다고 뭐라고 하는 사람은 아무도 없었다. 그 이후 우리 반에는 '오히려 좋아!' 놀이가 퍼지기 시작했다.

"아. 망했어."

이렇게 말하는 친구가 있으면 시크한 준우가 가서 말해준다.

"야! 이게 오히려 좋은 거야!"

"아, 짜증 나."

"야! 짜장면 생각나지 않냐? 오히려 좋아!"

말도 안 되는 아재 개그도 갖다 붙여가며 아이들은 '오히려 좋아!' 놀이를 한다.

사실 올해 학교를 옮기면서 걱정이 많았다. 이전에 근무했던 학교에 비해 다문화 가정의 학생 비율도 높고, 가정 형편이 좋지 않은 학생들이 많다. 개인적으로 출퇴근 시간도 더 길어졌다. 그런데 순수한 이 아이들 덕분에 매일 출근길이 가볍고 즐겁다.

매일 아침 아파트 엘리베이터의 'F'를 보면서 나는 우리 반 아이들을 떠올린다.

"오히려 좋아!"

## 2.
## 선생님의 물

아이들은 선생님의 물을 사랑한다. 아래에 소개하는 이야기를 다 읽고 나면 '정말 그렇구나!' 할 것이다. 궁금하다면 일단 읽어보시라! (오늘도 아무도 안 사는 글을 팝니다. 하하하.)


### 1) 선생님이 마시는 물

"선생님, 그거 뭐예요?"

찬바람이 부니 비염이 심해졌다. 콧물이 흐른다. 텀블러에 작두콩 꼬투리를 넣어 작두콩 차를 홀짝홀짝 마시는 중이었다.

"응. 작두콩 차야. 선생님이 비염이 있는데, 비염에 좋다고 해서."

"저도 마셔볼래요."

"응? 별로 맛이 없는데?"

"그래도 주세요."

한 녀석에게 새로 작두콩 차를 만들어서 종이컵에 살짝 부어줬다.

"어? 맛있는데?"

갑자기 애들이 서로 달라고 줄을 선다. 당황했다. (이런 것이 바로 입소 문인가?)

"애들아, 이거 진짜 맛없어. 먹으면 분명 후회할 거야."

말해도 소용이 없다. 일단 달라고 난리다. 할 수 없이 다방 주인이 되었다.

어떤 학생은 자기도 비염이 있다면서 두 잔을 달란다. 그 옆의 학생 은 자기는 매일 아침 한 잔씩 달란다. 이 녀석들, 보통이 아니다.


## 2) 선생님이 흘리는 물

"선생님, 왜 울어요?"

점심시간에 친한 선배님의 부고를 들었다. 전혀 예상할 수 없었던 일이라 슬픔을 주체할 수 없었다. 결국 울음을 터뜨리고 말았다. 그 누 구보다도 해맑게 웃으셨던 그 선생님의 미소가 내 머릿속을 떠나지 않 았다.

아이들에게 그 이야기를 해주었다. 갑자기 아이들이 나한테 달려왔다. 누가 먼저랄 것도 없이 나를 안아주었다. 여기까지는 좋았는데, 갑자기 숨이 막혔다.

"야! 그만해! 이러다 선생님 죽는다!"

아이들이 갑자기 뿔뿔이 흩어졌다. 그러더니 막 웃는다. 웃는 아이들을 보니 나도 웃음이 났다.

"선생님, 선생님은 웃을 때가 제일 예뻐요!"

이 소리에 나는 다시 운다.

"야, 너 때문에 선생님 또 울잖아."

얼른 눈물을 훔친다.

"애들아, 선생님 위로해 줘서 고마워. 이제는 정말 안 울게."


### 3) 선생님이 빼는(?) 물

수학 문제를 푸는 아이들에게 양해를 구했다.

"애들아, 미안한데 선생님 화장실 좀 다녀올게. 아까 쉬는 시간에 급한 전화 때문에 화장실을 못 갔어. 정말 미안해. 얼른 다녀올게. 수학 익힘책 좀 풀고 있어."

"선생님, 근데 그걸 왜 말해요?"

"응? 선생님이 말해야 너희들이 안심하지."

"다른 선생님들은 말 안 하시던데요?"

"근데 너희는 어떻게 알았어?"

"딱 보면 다 알죠."

"그렇구나. 천재들이구먼. 아이고 천재 양반님들! 저 화장실 좀 댕겨와도 되겠습니까?"

"그렇게 하여라."

갑자기 콩트가 되었다. 몹시 조아렸더니 통 크게 다녀오라고 허락을 해준다. 덕분에 기분 좋게 화장실에 다녀올 수 있었다.

이쯤 되면 아이들이 선생님의 물을 사랑한다고 인정할 수 있지 않겠는가? 선생님이 마시는 물, 선생님이 흘리는 물, 선생님이 빼는 물은 함께 생활하다 보면 절대 숨길 수 없는 물이다. 나는 아이들 앞에서 이 물을 숨기지 않는다. 그리고 그 물은 아이들에게 서서히 스며들어 우리의 의미 있는 하루를 만들어준다.

유난히 힘든 하루가 있다. 그럴 때마다 잠자리에 들기 전에 하는 생각이 있다.

'오늘도 나는 아이들이 눈치채지 못하게 서서히 스며들었다. 몰래 스며들려니까 아주 힘들어 죽겠네.'

저절로 입꼬리가 올라간다. 꿀잠.

# 3.
## 말하기 꽃이 피었습니다.

매주 월요일 1교시에는 아이들과 주말에 있었던 일을 나눈다. 금식 후에 바로 밥을 먹을 수 없듯, 월요일부터 다시 공부를 시작해야 하는 아이들을 위해 천천히 죽을 먹이는 마음으로 '주말 이야기'를 운영한 다. (이것이 바로 죽 쑤는 수업!)

물론 '주말 이야기' 수업을 이끌고 가는 것이 쉽지는 않다. 월요병 에 시달리는 학생들에게 '주말 이야기' 발표는 다소 부담이 될 수 있다. 그래서인지 처음에는 발표하고 싶지 않다는 아이들이 있었다. 또, 귀찮 다는 듯이 '하루 종일 TV 봤어요', '밥 먹었어요'라고 대충 말하고 앉아 버리는 아이도 있었다.

그러나 나는 당황하지 않았다. '그때'를 기다리면 된다는 믿음이 있기 때문이다. 하루 종일 TV를 봤다는 아이에게는 차분하게 무슨 프로그램이었는지, 누가 나왔는지 물어보고, 다시 정리해서 이야기하도록 지도했다. 밥을 먹었다는 아이에게는 무슨 반찬이었고 누가 만들었는지 집요하게 물어보고 다시 발표시켰다.

제일 중요한 원칙은 주말에 있었던 사실과 함께 그것에 대한 자기의 생각을 꼭 말해야 한다는 것이다. 있었던 일만 장황하게 이야기하는 아이들에게, 자신의 생각이나 느낌이 빠졌으니 꼭 말해야 한다고 이야기해 준다. 그러면 어쩔 수 없이 '재밌었어요', '맛있었어요' 이렇게 적당히 말하고 앉는다. 처음에는 그렇게 넘어가지만 그다음 주에는 '재밌었어요', '맛있었어요' 금지를 선포한다. 아이들의 눈동자는 좌우로 분주하게 움직인다. 이렇게 2~3주가 지나면 아이들은 느낀다.

'아. 우리 선생님이 이 시간에는 정말 진심이구나. 이건 피해 갈 수 없는 일이다.' (아이들 표현으로는 '빼박'.)

그러고는 어느새 아이들은 형식에 맞추어 발표한다. 오직 빨리 앉기 위해서.

그렇게 한 달쯤 지나면 익숙해진다. 그리고 슬슬 잘하고 싶어 하는 아이들이 나온다. 월요일 등굣길에 '주말 이야기'에서 말할 내용을 생각해 오는 아이, 일기장에 써서 일기장을 멋지게 발표하는 아이들이 생겨난다. 이제는 이런 아이들을 불쏘시개로 활용하는 단계로 넘어간다. (애들아 미안.)

일단 칭찬을 퍼붓는다. 큰 소리로 발표한 것을 칭찬하거나 미리 말할 내용을 준비해 온 것도 칭찬한다. 나는 마치 칭찬하기 위해 태어난 사람처럼 온 열정을 다해 칭찬을 쏟아낸다.

이렇게 운영하다 보면 월요일 1교시는 어느새 아이들이 제일 좋아하는 시간이 된다. 혹여 내가 다른 소리를 하면 아이들이 먼저 "선생님, '주말 이야기' 해야죠!"라며 성화다.

'주말 이야기'는 나같이 개그 욕심이 있는 학생을 계기로 무르익는다. 보통 한 반에 한 명은 개그 욕심 있는 학생이 한 명은 있다. 그런데 몇 년 전 정말 재수가 좋지 않아서 개그 욕심을 가진 학생이 한 명도 없는 해가 있었다. 할 수 없이 그해에는 내가 그 역할을 맡았다. (당시 무척 주접스러운 선생님이었지만 후회는 없다.)

올해의 개그 욕심러⑦는 민혁이다. 민혁이의 개그는 나의 칭찬을 먹고 쑥쑥 성장했다. 아이들은 민혁이의 발표에 열광했고 민혁이 차례가 되면 교실은 숨죽여 민혁이에게 집중했다. 민혁이는 잔소리하는 엄마나 괴롭히는 형을 정말 맛깔나게 연기했다. 그리고 집에서 키우는 강아지 짖는 소리도 똑같이 성대모사⑦ 했다.

"야, 민혁이 차례야. 조용히 해!"

매주 아이들의 기대에 부응하기 위해 민혁이는 점점 과장을 덧붙였다. 그러나 우리는 눈치채지 못한 척하며 민혁이의 이야기에 큰 리액션을 보여줬다. 늘 더 보고 싶었기에 우리도 기꺼이 연기⑦했다.

오늘 민혁이가 결석했다. 아침부터 아이들은 무척 상심했다. 나는 '안 되겠다. 오늘은 마지막에 내가 좀 웃겨줘야겠다. 시후 발표까지 듣고 내가 개그로 마무리해야지'라고 생각하며 뇌를 좀 풀고 있었다.

"저는 주말에 시크릿 쥬쥬를 가지고 놀았습니다."

평소 말이 없고 표정이 굳어 있는 남학생, 시후의 첫마디에 모두 뒤집어졌다. 시후의 얼굴은 자두처럼 빨개졌지만 발표는 꿋꿋하게 이어졌다.

"사촌 동생과 놀아서 시간이 가는 줄 몰랐습니다. 치링치링 치리 링."

민혁이가 없는 오늘을 시후가 꽉 채웠다. 나의 소중한 개그 기회는 뺏겼지만 가슴이 웅장해지는 기분을 느꼈다.

"브라보!"

나는 과장된 몸짓으로 아이들에게 박수를 유도했다. 웃느라 정신 못 차린 아이들이 박수 소리에 하나둘씩 제정신으로 돌아왔다.

그다음 주부터 아이들은 '주말 이야기' 경쟁을 시작했다. 아이들은 마치 매주 〈개그콘서트〉에 출연하는 개그맨들처럼 열심히 소재를 찾았다. 그리고 월요일 1교시 무대가 열리면 모든 것을 쏟아부었다. 놀랍게도 매주 스타가 탄생했다. 야속하게도 아이들은 내가 스타가 될 기회는 절대로 주지 않았다.

월요일 1교시. 아이들과 함께 떠들썩하게 말하고 듣기를 하노라면 이제는 한 시간이 금방 간다. 학기 초에 아이들이 심은 말하기 씨앗들이 어느새 쑥쑥 자랐다. 이제는 교실에 한 송이 두 송이 꽃이 핀다. 바로 말하기 꽃.

나는 언제나 말하기 꽃이 피는 그때를 기다린다.

# 4.
## 랩으로 전한 진심

"선생님, 세인이 틱이 다시 시작되었어요. 오늘은 쉴게요."

교실 전화기로 들려오는 세인이 어머님 목소리가 무척 무거웠다. 절망, 좌절, 슬픔이 가득 차 있는 것을 직감할 수 있었다. 순간적으로 이대로 전화를 끊으면 안 된다는 생각이 들었다.

"아, 어머니. 그랬군요. 요즘에 좋아졌다고 생각했는데, 언제부터 다시 시작되었나요?"

일단 일상적인 대화로 시간을 끌었다. 병원은 다녀왔는지, 약은 어떻게 먹고 있는지 천천히 여쭈어봤다.

세인이는 예민하고 불안이 높은 학생이다. 잘하고 싶은 마음은 큰데 항상 친구들 눈치를 많이 본다. 잘하고 싶은 마음에 용기를 내어 발표를 했다가 '친구들이 내 발표를 어떻게 생각할까?'라는 생각이 들면 금세 불안함에 빠져버리는 학생이다. 그 불안함을 금방 떨치는 날은 괜찮은데, 그게 오래가면 가끔 틱 증상으로 발전한다. 틱 증상이 나타나면 세인이는 또 자책한다. 그다음엔 하루 종일 얼굴에 먹구름이 낀다.

"세인아, 괜찮아. 그럴 수 있어."

그 어둠에서 얼른 세인이를 꺼내줘야 한다. 세인이 생각보다 친구들이 세인이에게 관심 없을 수도 있다고 농담으로 이야기하기도 하고, 불안도가 높았던 나의 어릴 적 시절을 말해주기도 한다. 그러고 나면 조금씩 좋아지지만, 그러다가 또 나빠지기도 한다.

이 과정에서 세인이 어머니와 자주 통화를 하게 되었다. 그래서 세인이 어머니의 목소리는 익숙했다. 그런데 오늘은 수화기 너머로 영 익숙하지 않은 목소리가 들려왔다. 무너진 어머니의 마음이 바로 느껴졌다.

"어머니, 그동안 세인이 잘 해왔잖아요. 이번에도 잘 극복할 수 있을 거예요. 너무 걱정 마세요. 제가 좀 더 지켜볼게요."

"네, 선생님 감사합니다."

전화를 끊어야 하는데 또 못 끊겠다. 아침 시간이라서 아이들은 시끌시끌하다. 지금 내가 붙잡고 있는 것은 유선 전화기라, 통화하러 복도로 나갈 수도 없다. 1교시 시작종이 쳤는데 선생님이 수업을 시작하지 않으니 아이들은 마냥 신났다. 아이들에게 조용히 하라고 검지를 힘껏 세웠다. 빨리 끊어야 하는데 해드리고 싶은(아니, 해드려야 할 것만 같은)

말이 너무 많았다.

수업이고 뭐고 일단 급한 불을 꺼야 할 것 같았다. 숨 쉴 시간도 없이 긴박하게 내가 하고 싶은 말들을 쏟아냈다.

"어머니, 너무 심각하게 받아들이지 마시고 그냥 아무렇지도 않게 생각해 보세요. 제가 틱 겪는 친구들을 진짜 많이 봤거든요. 제가 많이 봤을 정도면 전국에 얼마나 많겠어요. 그런데 보니까 틱에 집중한다고 해결되는 문제는 아니더라고요. 오히려 담담하게 일상을 이어가시면 됩니다. 세인이가 예민한 아이라서 어머님이 무너지면 금방 다 눈치채잖아요. 또 엄마가 괴로워하면 더 괴로워하는 착한 친구니까요. '왜 내 아이만 이럴까?' 이런 생각이 제일 위험한 거 아시죠? 그냥 '그럴 수 있어'라고 생각하시고 편안하게 하루하루를 지내보세요. 그럼 어느 순간에 괜찮아질 거예요. 그동안도 그랬잖아요."

"네. 흑흑."

전화기 건너로 울음소리가 들려왔다. 휴. 랩으로 전한 진심이었는데 다행히 배달 사고는 없었던 것 같다.

"선생님, 감사합니다. 정말 위로가 되네요. 감사합니다."

"네. 어머니 또 전화 드릴게요. 힘내세요."

(전화 끊고)

"얘들아! 국어책 펴!"

급히 전화를 끊고 숨 돌릴 틈도 없이 수업을 시작했다. 아이들에게 국어책 1번 문제를 풀라고 시켜놓고 물 한 잔을 들이켰다.

"후."

정신이 좀 돌아왔다.

'야! 진짜 엑기스 상담이었다. 효과도 굉장했다고!'

자아도취 시간이 돌아왔다. 그러나 이내 자기 검열에 들어간다.

'내가 의사도 아닌데 괜한 말을 한 건 아닐까? 내가 너무 빠르게 내 이야기만 랩처럼 쏟아부은 건 아닐까?'

그 순간 래퍼 아웃사이더의 가사가 떠올랐다.

'누구보다 빠르게 남들과는 다르게'

진심만 닿았다면 남들과는 조금 다른 방식이라도 괜찮지 않을까?


수고했어, 오늘도.

# 5.
## 엉터리 명상

"자, 코로 들이마시고. 1, 2, 3, 4. 2초 멈추고. 다시 입으로 내쉬고, 1. 2. 3. 4."

요즘 아침마다 명상을 하게 되었다. 교실 명상을 결심하게 된 이유는 가끔 틱 증상을 보이는 우리 반 학생 때문이었다. 앞글에서 소개했듯이 그 학생은 틱 증상이 잦아들었다가 불현듯 다시 시작되곤 했다. 무척 착하고 배려심 깊은 학생인데, 많이 힘들어하는 모습을 볼 때마다 정말 마음이 아팠다. 내가 어떻게 도와줄 수 있을까 고민하다가, '명상'이 떠올랐다. 의학 전문가가 아니라서 진단과 처방 같은 것은 하지 못하지만, 마음이라도 좀 편하게 해주고 싶었다.

사실 나는 명상에 대해 잘 모른다. 명상을 접해본 것은 예전에 잠깐 요가를 배울 때가 전부였다. 그리고 최근에는 지나영 교수님의 4-2-4 호흡법을 접했다. 요가 명상은 너무나 심오해서 잘 모르겠지만, 4-2-4 호흡법은 누구나 가볍게 할 수 있는 수준이라서 괜찮을 것 같다는 생각이 들었다.

방법은 그리 어렵지 않다. 4초 동안 천천히 숨을 들이마시고(배가 볼록 나와야 함) 2초 동안은 호흡을 멈추고 몸에 들어온 산소를 온몸에 돌린다고 생각한다. (좌뇌 1초, 우뇌 1초, 이렇게 생각해도 좋다.) 다시 마지막 4초 동안에는 천천히 입으로 숨을 내뱉는다.

아이들과 함께 해야 하니 저녁에 집에서 몇 번 연습하고 다음 날 출근했다.

"얘들아, 요즘 선생님이 부자 되는 책을 보니까 공통점이 있더라."

"뭔데요?"

"부자들은 아침에 다 명상을 한대. 그래서 선생님도 이제부터 좀 해 보려고. 선생님은 꼭 부자가 되고 말 거야. 흐흐흐."

갑자기 웬 부자 타령? 아이들은 의아해한다. 나는 이미 부자가 된 것처럼 어깨를 들썩인다. 한두 명 어린이들이 관심을 보인다. '빨리 질문해, 빨리!' 나는 속으로 주문을 외운다.

"그건 어떻게 하는 건데요?"

"별로 어렵지 않아. 4초 동안 코로 숨을 들이마시고 2초 동안 멈추고 다시 4초 동안 내뱉으면 된대. 하나도 안 어렵지? 너희도 한번 해볼래?"

아이들이 머뭇거린다. 영업의 기술 들어간다.

"부자 된다는데 한번 해보는 거 어때? 돈 드는 것도 아니잖아."

"알겠어요."

"자, 눈 감아봐. 코로 들이마시고. 1. 2. 3. 4. 2초 멈추고. 다시 입으로 내쉬고 1. 2. 3. 4. 우리 다섯 번 반복해 보자."

눈을 뜬 아이들의 눈빛이 조금은 차분해졌다. (저 혼자만 느낀 기분은 아니길 바랍니다.)

"얘들아, 명상해 보니까 어때?"

"……."

아이들은 말이 없다.

"첫날이라서 잘 모르겠지? 선생님도 사실 잘 모르겠어. 그래도 꾸준히 해보려고. 언젠가는 효과가 있지 않을까? 언젠가 내가 진짜 부자 되면 맛있는 거 사줄게."

"그럼 저희도 매일 해요."

우와. 흡족한 반응이다. 이 말을 듣기까지 참으로 긴 여정을 달려왔다.

"안 돼."

"왜요?"

"시간 없어. 공부해야지. 오늘 선생님이 방법 가르쳐줬으니까, 다들 집에서 해."

"아, 같이 해요."

"진짜? 너희 공부하기 싫어서 그런 거지? 내가 다 알거든."

"아니에요. 저희도 부자가 되고 싶어요."

"그래? 그럼 매일 아침 수업 전에 같이 명상해도 되겠니?"

"네!"

"그런데 솔직히 말하자면 선생님도 명상에 대해 잘 몰라. 그래서 지금 이것저것 공부하는 중이야. 너희들도 좋은 명상이 있다면 선생님에게 꼭 추천해 줘. 알겠지?"

"네."

이렇게 시작된 명상은 2주 정도 매일 이어지고 있다. 정신없는 아침, 하루라도 명상을 빼먹을라치면 애들은 기를 쓰고 명상을 하자고 한다. 유튜브에서 좋은 명상 음악을 찾았다며 추천하는 학생도 있다.

우리의 명상은 엉터리다. 전문가들이 보면 웃을지도 모르겠다. 그러나 지금 우리는 명상의 길을 찾아 나선 방랑자들이다. 그 누구도 정답은 모른다. 다만 계속 찾는다. 계속 찾다 보면 언젠가는 웅장한 우주의 기운도 찾아지지 않을까? 이런 상상만으로도 즐겁다.

부담이 없다. 그냥 재밌다. 그럼 되는 거 아닐까?

엉터리 명상이라도 효과만 좋다, 뭐.

# 6.
## 뜨거운 점심

"선생님, 저 동영상에서 같은 걸 찾았어요!"

3교시 학교폭력예방교육을 마친 뒤 쉬는 시간에 혜진이가 찾아왔다. 혜진이의 표정은 마치 신대륙을 발견한 콜럼버스의 표정 같았다. (누군가 당신은 콜럼버스를 만난 적이 없지 않냐고 까칠하게 따진다면 저는 담백하게 '환희에 찬 표정'이라고 표현하겠습니다. 오늘도 겸손.)

학교폭력예방교육 시간에는 방관자가 되지 말자는 의미로 지하철에서 노인이 구출되는 동영상을 보여주었다.

한 노인이 지하철 플랫폼과 지하철 사이에 몸이 끼었는데, 처음에는 아무도 그 노인을 도와주지 않았다. 그런데 적극적인 시민 한 사람이 나타나자 사람들이 구름 떼처럼 모여들어, 다 함께 지하철을 힘껏 밀어냈고 결국 노인은 안전하게 구출되었다.

혜진이는 그 동영상에서 뭘 찾은 걸까? 궁금했다.

"아까 2교시 도서관에서 읽은 책이 이건데요. 여기 주인공이 환경에 관심이 많거든요. 환경에 대한 관심도 처음에는 외롭지만 나중에는 한 사람의 목소리가 세상을 얼마나 바꿀 수 있는지, 정말 많은 이야기를 들을 수 있다고 했어요. 근데 3교시에 선생님께서 보여주신 동영상도 용기 있는 한 사람에 대한 이야기였잖아요. 똑같은 이야기라서 놀랐어요."

순간 소름이 돋았다. 우리 혜진이는 콜럼버스가 맞았다! 독서의 신대륙을 발견한 우리 혜진이! 장하다 혜진이! 내 제자 혜진이!

나는 마치 금메달을 딴 선수의 코치처럼 콧구멍을 한껏 넓히며 만세를 불렀다. (누군가 당신은 금메달리스트 코치가 아니지 않냐고 또 한 번 까칠하게 따진다면 저는 시크하게 'TV로 봐서 그 기분은 좀 알 것 같다'라고 대답하겠습니다. 이번엔 당당.)

4교시 시작종이 울리자마자 아이들을 불러 모았다.

"얘들아, 혜진이 대박이야!"

"왜요?"

독서와 영상을 연결한 혜진이의 이야기를 들려주며 이 방법은 무척이나 똑똑한 어른들만이 할 수 있는 독서법이라고 소개해 주었다.

"서로 관련 없는 책을 두 권 읽으면서도 두 권을 연결해 버리는 생각! 그걸 우리 혜진이가 해낸 거야! 얘들아, 이거 절대 쉽지 않은 거야! 앞으로 혜진이는 무조건 책을 두 권씩 들고 다니렴! 넌 그럴 자격이 있어!"

'책을 두 권씩 들고 다닐 수 있는 사람이 되었다는 것이 무엇을 의미하는지 아이들이 과연 알까?' 조바심이 나서 숨도 안 쉬고 아이들에게 설명하고 또 설명했다.

흥분을 가라앉히지 못한 채 금메달리스트 코치가 된 상태로 4교시를 마쳤다. 그러나 흥분이 가라앉은 자리에는 금세 배고픔이 다가왔다. 여느 때보다 점심 식사가 더 절실했다.

자리에 앉아서 경건한 식사를 막 시작하려는데 승찬이가 슬며시 내 옆으로 왔다.

"선생님?"

"응?"

"저는 다음 주에 책 세 권을 연결해 올게요."

아이는 마치 암표를 파는 사람처럼 비밀스럽게 나에게 소곤거리고 홀연히 떠났다.

급하게 밀어 넣은 국이 뜨거운 건지 내 가슴이 뜨거운 건지, 뜨끈한 것이 내 가슴을 스쳐 지나갔다.

아무튼 뜨거운 점심이었다.

# 7.
## 마스크의 용도

학교에서 마스크를 쓰고 지낸 지도 어언 3년이 다 되어간다. 귀한 마스크를 겨우 구해서 아이들에게 소량씩 나누어줬던 일, 마스크가 조금이라도 내려가면 얼른 올리라며 언성을 높이며 학생들끼리 실랑이를 벌였던 지난 일상들이 하나둘씩 머릿속을 스쳐 간다.

아직 마스크 착용이 전면 해제된 것은 아니지만 그래도 코로나19 초기보다는 조금 여유로워진 방역수칙 덕분에 우리 반 장난꾸러기들은 슬슬 마스크의 용도를 바꾸기 시작했다. 제발 그러지 말라고 해도 숨 안 쉬면서 잠깐 마스크 올리는 건 괜찮지 않냐며 과장되게 숨을 참아버리는 그 아이들 앞에서 늘 할 말을 잃었다. 발칙하고도 아슬아슬했던 아이들의 마스크 용도 찾기 놀이를 자세히 들여다보자.

## 1) 체육 시간

체육관 입구에는 도어록이 설치되어 있다. 보통 도어록 비밀번호는 교직원들만 공유한다. 학생들끼리 체육관에 입장하거나 외부인이 출입하는 것을 막기 위한 조치다.

교사들은 비밀번호를 누르기 전에 의식을 치른다. 일단 비밀번호가 유출되지 않도록 아이들을 멀찍이 세운다. 그리고 비밀 번호판으로 다가가 그것을 우아하게 쓰다듬으며 도어록에게 '이제 곧 누를 거야' 하는 신호를 보낸다. 그다음 혹시 모를 유출에 대비하여 손으로 비밀 번호판을 가리면서 조심스럽게 숫자 하나하나를 정성스럽게 누른다. 마지막으로 별표를 누른 후 합격을 알리는 '띠로리' 소리에 안도한다. 그제야 멀찍이 서 있던 아이들은 위풍당당하게 체육관으로 입장할 수 있게 된다.

어느 체육 시간이었다. 나 또한 고유한 의식⑦을 치르기 위해 아이들을 멀찍이 세워놓고 비번을 누르려고 좌우를 살피고 있었다.

"얘들아, 숨 쉬지 말고 마스크 올려!"

우리 반 장난꾸러기의 엉뚱한 명령에 아이들은 갑자기 한마음이 되었다. 모두 눈까지 마스크를 올렸고 덕분에 드러난 귀염둥이들의 양 볼들은 **빵빵**하게 부풀어 올라 복어가 되었다.

"얘들아! 장난치지 말고 마스크 얼른 내려! 큰일 나!"

아이들은 복어가 된 채로 손으로 엑스를 만들면서 나에게 **빨리** 비밀번호를 누르라는 수신호를 보냈다. (대충 해석해 보자면 '쌤! 잔말 말고 빨리

"으이구 녀석들! 알겠다 알겠어!"

나는 혹시 복어 중에 부상자⑫가 나오면 안 된다는 막중한 책임감을 가지고 급히 비밀번호를 눌렀다.

"띠로리!"

입장 허가를 알리는 경쾌한 도어록 알림음에 아이들은 마스크를 내리고 '휴우'했다.

"선생님, 저희 마스크 올려서 눈을 가린 덕분에 비밀번호 못 봤어요. 잘했죠?"

"야! 이 녀석들아! 마스크 장난 좀 치지 마! 선생님 진짜 놀랐잖아!"

아이들에게 이렇게 호통을 쳤지만 사실 단체로 마스크를 올린 아이들의 빵빵한 볼은 정말이지 사랑스러웠다. '어린이스러움'이 가득 찬 보송보송한 '어린이 주머니'를 발견한 그 순간을 떠올리면 아직도 웃음이 난다.

## 2) 아침 시간

아침부터 급하게 처리할 공문이 있어서 모니터에 빨려들어갈 기세로 키보드 자판을 두드리고 있었다.

"선생님 오늘 화장 안 했어요?"

순간 당황했다. 반사적으로 얼굴을 매만지며 거울을 찾았다. 앗! 아침에 정신없이 출근하다가 화장하는 것을 깜빡했다. 아줌마의 화장이라는 것이 뭐 그리 거창하겠냐마는 그래도 매일 화장하는 것을 잊지 않았던 나였기에 매우 당황했다. 가방에서 급히 화장품 파우치를 꺼내서 분장⑦ 도구를 찾고 있는데 대뜸 한 어린이의 외침이 들린다.

"야, 숨 쉬지 말고 마스크 올려! 선생님 빨리 화장하세요!"

평소 팩트를 열 번 두드리고 입술만 바르면 끝나는 간단한 화장을 즐기는 나였지만 아이들이 숨을 안 쉬고 있으니 마음이 더 급해졌다. 어차피 마스크를 순순히 내리지 않을 녀석들이었기에 나는 기네스북 신기록에 도전하는 도전자처럼 그야말로 '미션 화장(아니 분장)'을 하고 말았다.

"얘들아! 선생님 다 했어! 얼른 마스크 내리고 숨 쉬어!"

선생님의 변신 완료 소식에 아이들은 마스크를 내리고 또 '휴우'했다.

그 '휴우'가 선생님을 지켜주었다는 뿌듯함이었는지 아니면 선생님의 민낯을 더 이상 보지 않아도 된다는 안도감 때문이었지는 모르겠다.


그래도 어쩐지 참 고마운 마음이 들었다.

# 8.
## 책임져요. 아무 말 대잔치

'마음을 전하는 글'에 대하여 배우는 국어 시간이었다.

"얘들아, 이 세상에서 가장 손 편지를 많이 쓰는 사람은 누구일까?"

기습적인 질문 공격을 받은 아이들은 '저런 걸 왜 묻지?'라는 표정으로 처음엔 머뭇머뭇하더니 이내 제각기 창의적인 대답을 쏟아냈다.

세종대왕!

(정말 멋진 분이긴 한데 손 편지를 많이 쓰셨는지는 선생님이 안 받아봐서 모르겠다. 미안.)

카카오 개발자!

(흠. 대국민 손 편지 쓰셔야 할 것 같긴 한데, 아직 안 쓰셨단다.)

마르쿠스 페르손!

(누구냐고 물었더니 마인크래프트를 만든 사람이라고 했다. 혹시 영어 손 편지를 가져
온다면 인정할게.)

**선생님!**

(미안한데 선생님은 손 편지를 많이 받는 쪽이란다. 후훗.)


아이들과 신나게 이야기 나누다 보니 어느새 손 편지를 많이 쓰는
사람들이 크게 세 개의 집단으로 정리되는 것을 확인할 수 있었다. (담
임 닮아서 '아무 말 대잔치'를 무척 즐기는 편인데 저는 고급스럽게 '브레인스토밍'이라고
포장합니다.)


첫 번째는 사랑을 하고 있는 사람이다. 연인 사이, 친구 사이, 부부
사이, 부모와 자녀 사이에 손 편지를 많이 쓰게 된다. 공통점은 '사랑'
이었다. 그들은 서로가 서로를 얼마나 사랑하는지 손 편지를 통해 표현
하고 확인한다.

두 번째는 영향력이 큰 사람이다. 예를 들자면 연예인이나 유명한
사람이다. 요즘 말로는 인플루언서. 이들은 좋은 일이 있거나 큰 잘못
이 있을 때 자신을 지지해 주는 사람들에게 직접 작성한 손 편지 사진
을 SNS에 올린다.

세 번째는 사업을 좀 해본 사람이다. 인터넷 쇼핑몰에서 제품을 사
면 포스트잇에 손 편지를 쓰고 사탕을 포장해서 보내주는 경우가 있다.
모든 쇼핑몰에서 그렇게 하는 것은 아니지만 택배를 뜯었을 때 고맙다

는 정성 어린 손 편지를 종종 발견할 수 있다. 이런 사람은 사업을 그냥 하는 사람이 아니라 사업을 좀 해본 사람이다.

"사랑, 인플루언서, 사업 중에서 나랑 관련이 있는 단어가 있을까? 선택해 보자."

어떤 아이는 사랑, 어떤 아이는 인플루언서, 어떤 아이는 사업을 선택했다. 의욕이 넘치는 동민이는 셋 다 선택했다. 연애편지도 잘 쓰고 싶고, 연예인이 되고 싶고, 사업을 해서 부자도 되고 싶다고 했다. 그의 열정은 멈추지 않았고 결국은 놀라운 제안까지 해버렸다.

"선생님, 그러면 우리가 직접 커플, 연예인, 사업가가 되어서 손 편지를 진짜 써보는 건 어때요? 우리가 나중에 그런 사람이 될지도 모르잖아요."

"와, 재밌겠다."

아뿔싸. 판도라의 상자가 열렸다.

사실 나는 이 정도 대화로 마무리하고 마음을 전하는 글의 중요성을 강조하려고만 했다. 그러나 신나는 '아무 말 대잔치'(포장하자면 브레인스토밍)에 우리 반 아이들의 창의성이라는 것이 폭발하고야 말았다.

'이미 흥분한 저들의 제안을 받아들이지 않으면 나의 미래는 어둠뿐이다. 저들의 창의성 뚜껑을 열어버린 것은 바로 나다. 피할 수 없다. 결자해지. 이것은 나의 숙명.'

그 순간 나는 명량해전을 앞둔 이순신 장군만큼 진지했다. 누군가는 수업 앞에서 이렇게 쓸데없이 비장해질 일이냐고 물을 수도 있겠다.

맞다. 나에게 수업은 비장한 일이다. 그래서 수업이 잘 풀리지 않는 날에는 삼겹살에 소주(가끔은 치킨에 맥주)를 마신다. 자존감이 무너지고 자괴감도 든다. 누가 뭐라 하지 않았는데도 참 괴롭다. 이 괴로움은 겪어본 자만이 안다.

나는 '지금 저들의 요구를 받아들이지 않으면 앞으로 수업이 잘 풀리지 않을 가능성이 높다'라고 판단했다. 그래서 바로 'GO!'를 외쳤다.

다음 국어 시간에는 각각의 콘셉트⑦를 잡고 감정이입을 깊이 해서 마음을 전하는 편지를 쓰고 발표도 해보자고 했다. 신나 보이는 아이들의 표정으로 보니 'GO!'를 외치길 잘했다는 생각이 들었다.

성공적인 수업 후 홀로 자아도취에 빠져 있는 쉬는 시간에 동민이가 날 찾아왔다.

"선생님, 근데 다음 국어 시간이 언제예요?"

나는 대답 대신 웃으며 눈을 찡긋했다. 동민이도 부끄러운 듯 배시시 웃었다.

다음 국어 시간이 기다려지는 건 나 혼자가 아니었다.

# 9.
## 왼손으로 쓰는 편지

"아, 힘들다 힘들어."

쉬는 시간, 연구실에서 끙끙거리는 옆 반 선생님을 만났다.

"선생님 뭐 하세요?"

"마니또 편지 못 받은 애 주려고 편지 써요. 들키지 않게 써야 하는데 힘드네."

"왼손으로 써보세요! 그럼 감쪽같아요."

"아! 꿀팁 고마워요!"

삐뚤빼뚤 왼손으로 편지를 쓰시는 옆 반 선생님이 참 귀엽다는 생각이 들었다. (선배님! 죄송합돠!) 동시에, 몇 년 전 왼손으로 위장 편지를 썼던 내 모습이 떠올랐다.

(몇 년 전 교실)

"선생님, 저만 마니또 편지를 못 받았어요."

울먹이는 지영이 앞에서 괜히 미안해졌다. 사실 지영이의 마니또는 시후였다. 특수반 친구인 시후까지 마니또에 끼워준 것이 후회로 밀려오려는 그 순간, 위장 편지를 써야겠다는 아이디어가 번쩍 떠올랐다.

최선을 다해 학생 흉내를 내보았지만 다 써놓고 보니 금세 들통날 만한 필체였다. 결국 어른이 쓴 글도, 학생이 쓴 글도 아닌 '네 맛도 내 맛도 아닌 맛'의 편지가 되어버렸다. 한숨을 내쉬고는 이번엔 아예 망쳐버려도 좋다는 마음으로 왼손으로 연필을 바꿔 쥐고 썼다. 그런데 어머나! 차라리 더 맘에 들어버렸다.

아무도 없는 빈 교실에서 혼자서 왼손잡이 놀이를 하며 뿌듯함을 느꼈다.

다음 날 아침, 교실은 난리가 났다.

"야! 드디어 나도 편지 받았다!"

편지를 받은 지영이는 자랑스러운 듯이 편지를 하늘 높이 흔들었다.

"어디? 어디?"

"나도 보여줘!"

아이들이 우르르 몰려들었다. 아이들의 모습을 보고 있자니 등줄기에 땀이 흘렀다.

"야, 글씨를 보니 남자애가 틀림없어!"

"네가 어떻게 알아?"

"우리 반에 이렇게 글씨 못 쓰는 애들은 남자애들밖에 없어!"

학생들의 합리적 의심 앞에서 갑자기 기분이 상했다. 분명 못 쓰는 글씨를 추구⑰하긴 했는데, 막상 못 썼다고 하니까 기분이 (드럽게) 나빴다.

"야! 이거 누군지 찾아보자!"

오지랖 넓은 민영이가 갑자기 탐정 놀이를 시작했다. 기분은 별로 좋지 않았지만 결말이 내심 궁금해졌다. 업무를 보는 척하면서 키보드 자판을 두드렸지만 시선은 아이들 쪽으로 향했다.

민영이는 아이들에게 알림장을 요구하면서 필체 분석에 들어갔다. 필체 분석이 재미있었는지 남학생들은 순순히 알림장을 내어줬다. 민영이는 마치 CSI 과학 수사대처럼 꼼꼼하게 필체를 비교했다. 아침부터 진지한 그 모습에 나도 모르게 흰 장갑과 돋보기를 제공해야만 할 것만 같은 생각이 들었다.

"야! 재혁이! 이거 네가 썼지?"

마침내, 재혁이가 당첨되었다. (재혁아 미안하다.)

"아니야, 내가 쓴 거 아니야!"

"아니긴 뭘 아니야!"

"아니라니까! 내 마니또는 따로 있다니까!"

"애들아, 너희들이 한번 봐봐."

"어디? 어디?"

난리가 났다. 재혁이는 억울한 표정을 지었다. 더는 안 되겠다 싶어 바로 출동했다.

"애들아, 자리에 앉자!"

아이들이 아쉬운 듯이 자리에 앉았다. 바로 분위기 전환을 시도했다.

"마니또는 누구였는가가 중요한 것이 아니라 과정이 중요한 거라고 했죠?"

아이들은 금세 소금물에 절인 김장 배추들처럼 풀이 죽었다. 나는 마치 김장 정도는 아무것도 아닌 주부 9단처럼 고춧가루까지 팍팍 뿌렸다.

"지영아, 마니또한테 편지 받은 거 축하해. 우리 그 이상은 밝혀내려고 하지 말자. 그리고 선생님이 보니까 이거 재혁이 글씨 아니네!"

재혁이 표정이 한결 나아졌다.

2주 뒤 마니또 발표 날이 돌아왔다.

"지영이 마니또는 시후! 시후는 지영이한테 편지도 써주고 활동을 참 잘했어요!"

아이들은 의아한 표정을 지었다. 민영이는 특수반에 소속되어 있는 시후까지 의심해 보지 못한 자신에 대하여 자책하는 모습이었다.

언제나 말없이 해맑은 시후는 아무것도 모른 채 씩 웃었다.

그리고 몇 년이 지난 지금, 옆 반 선생님은 왼손으로 쓴 편지를 보여주며 나를 보고 씩 웃으셨다. 모두를 씩 웃게 하는 '왼손으로 쓴 편지'는 이제 우리의 영업비밀이 되었다.

# 10.
## 촉촉한 하루

국어시간이었다.

《사라, 버스를 타다》라는 책을 읽고 인물, 사건, 배경을 바꾸어보는 활동이었다.

기존의 이야기에서 몇 가지 요소를 살짝만 바꾸어도 전혀 다른 이야기가 될 수 있다는 것을 아이들에게 알려주고 싶었다.

"얘들아! 모방은 창조의 어머니야!"

기존의 것을 조금씩 바꾸다 보면 너희들도 결국 위대한 작품을 만드는 작가가 될 수 있을 거라고 아이들에게 축복 아닌 축복을 퍼부었다. (아. 오늘도 흥분.)

창의적인 아이디어를 내는 데 거침이 없는 우리 반 아이들은 나의 오버에 또 신이 났다. (이 맛에 매일 오버하는 수업을 합니다.)

큰 기대 없이 시작한 활동이었는데 또 일이 커졌다. 일을 크게 키운 우리 반 아이들의 몇 작품을 소개해 본다.

(인물의 성격 바꾸기) 사라의 성격을 난폭하게 바꾸어버린 어린이가 지은 작품명은 〈금쪽이 사라〉였다. 오은영 박사님의 등장은 덤이었다.
(사건 바꾸기) 사라가 겪은 로맨스로 이야기를 만든 어린이가 지은 작품명은 〈사라, 결혼을 하다〉였다. 두근두근한 고백 장면은 덤이었다.
(배경 바꾸기) 사라가 생활하는 학교 이야기를 만든 어린이가 지은 작품명은 〈사라, 학교에 가다〉였다. 학교폭력을 지혜롭게 처리(?)하는 걸 크러시는 덤이었다.

아이들은 미니북으로 자신의 이야기를 책으로 만들었다. '작가는 자고로 본인의 책을 홍보할 줄 알아야 한다'라며 개인 발표 시간을 주었더니, 아이들은 이제 본인의 책을 많이 팔아야 한다는 사명감에 불타올랐다. 한두 명의 아이들이 먼저 흥미롭게 시작하자 과잉 경쟁이 시작되었다.

한 학생은 이야기를 잘 풀어내다가 결정적인 장면에서 설명을 딱! 멈춰버린다. 그리고는 '구독'과 '좋아요'를 누르란다. (유튜브 광고 타이밍을 아는 듯.)

어떤 학생은 순식간에 3권까지 만들어서 1+1+1이란다. (스피디한 필력이 정말 부럽다.)

어떤 학생은 자기 책 가격이 12,000원이란다. 애들이 안 산다니까 12,000원 빼기 12,000원이라고. (전무후무한 파격 세일이다.)

이 상황을 지켜보던 우리 반 똘똘이 현기가 한마디 한다.

"선생님, 이 문제를 만든 사람들이 우리가 이렇게 재미있게 활동하는 걸 상상이나 했을까요?"

"응? 이 문제?"

"이 교과서에서 미니북 만들라고 우리한테 문제를 낸 거잖아요. 근데 그 사람들은 수업이 이렇게 재미있을 줄 알았을까요?"

"응?"

순간 내 귀를 의심했다. 1초의 침묵이 흘렀다.

국어 교과서를 만든 사람의 의도보다 우리가 훨씬 재미나게 수업하고 있다는 뜻이었다. "선생님, 진짜 재미있어요"라는 말을 넘어선 표현이었다. 뒤통수를 한 대 맞은 기분이었다. 갑자기 소름이 돋았다. 나는 뜬금없이 아이들에게 고백했다.

"얘들아, 사실 선생님은 교과서 뒤에 이름이 나오고 싶었어."

"교과서 뒤에 이름이 왜 나와요?"

"교과서를 만든 사람들 이름이 뒤에 쓰여 있거든. 뒤에 봐."

"아, 진짜 있네요. 선생님은 교과서를 만드는 사람이 되고 싶었어요?"

"응."

"그런데 왜 못했어요?"

"응. 실력도 부족하고, 아이도 키우느라고 못했지. 늘 아쉬움이 있었어. 그런데 너희들이 해준 말에서 큰 용기를 얻었어."

"무슨 말이요?"

"교과서를 만든 사람도 상상하지 못할 재밌는 수업을 하고 있다는 말. 바로 그 말에서 선생님이 꼭 교과서를 만들지 않아도 괜찮다는 깨달음을 얻었어. 생각지도 못한 일이었는데 알려줘서 진짜 고마워."

열정이 넘치던 젊은 날, 교과서 집필진이 되어보고 싶다는 어렴풋한 꿈이 있었다. 오늘 아이들이 먼지 쌓인 그 어렴풋한 꿈을 꺼내주었다. 그리고 당신은 그 이상을 이룬 사람이라는 감동을 전해주었다.

"선생님, 좋은 방법이 있어요."

"뭔데?"

"저희가 교과서 뒤에 선생님 이름을 써줄게요! 그럼 되잖아요! 그럼 선생님 꿈이 이루어진 거잖아요!"

아이들은 자신들의 아이디어에 뿌듯해하며 경쟁적으로 교과서 뒤에 이름을 쓰기 시작했다. 네임펜, 매직, 모든 필기도구가 동원되었다. 모든 집필진을 부정하는 듯 X자를 그어버리고 오직 내 이름만 적은 학생도 있었다.


우주 최고의 유영미 선생님.

세계 최고의 유영미 선생님.

유영미 선생님. 잘 가르칩니다.

안구에 습기가 찼다.
아니, 온몸에 습기가 찼다.

오늘도 나는 촉촉해졌다.

# II.
# 독도의 날에 만난 두 선생님

"선생님! 드디어 오늘 독도 케이크 나와요!"

교실은 아침부터 떠들썩했다.

아이들은 급식 메뉴를 거의 외우고 산다. 아마 학교 급식 메뉴판으로 받아쓰기를 하면 공부 못하는 아이들도 모두 100점이 나올 것이다. 시키지 않아도 예습, 복습을 철저히 한다. (영양 선생님 보고 계시죠?)

오늘은 아이들이 기대하던 바로 그날이다.

급식차가 왔다.

"선생님, 아무리 찾아봐도 독도 케이크가 없어요."

급식을 준비하는데 아이들 표정이 불안하다. 이 분위기, 왠지 싸늘하다.

"잠깐만. 영양 선생님께 확인하고 말해줄게."

우리 반 모두는 멈춘 화면이 되어 전화기를 붙잡고 있는 내 입만 쳐다보고 있었다. (아. 이 숨 막히는 긴장감.)

"애들아, 독도 케이크 공장에서 물량이 부족해서 오늘은 대체식으로 과일을 주신대."

"아! 뭐예요!"

아이들은 거의 봉기(?) 직전이었다. 앞치마를 두른 급식 당번은 절망적인 표정을 지으면서 위생 모자를 땅으로 집어던졌다. (지금 이 분위기, 거의 파업 분위기.)

정신을 바짝 차리고 나조차 납득되지 않는 말로 분위기를 수습했다.

"애들아, 선생님도 지금 진짜 속상해. 그런데 어쩌겠니, 공장 사정이 그렇다는데. 독도의 날 화내면 안용복 선생님께서도 많이 속상하실 테니 우리 다시 힘내보자!"

흠흠. 오늘 나의 수업 계획을 소개하자면 점심엔 독도 케이크를 먹고 '기분 좋은 상태'에서 독도 교육을 하고, 그다음 독도 팝업북을 만드는 것이었다. 그런데 지금 아이들은 '기분 나쁜 상태'이다. 시작부터 꼬였다. 이를 어쩌나.

언제나 수업에는 예상치 못한 일이 일어난다. 교사는 경력이 늘어가면서 그 '예상치 못한 일'에 유연하고도 자연스럽게 대처하는 능력을 갖추게 된다. 나는 언제나 유연하고도 자연스러운 교사는 아니지만, 그래도 대처에는 어느 정도 자신이 있었다. 그러나 독도 케이크가 나오지 않은 것은 그야말로 '예상치 못한 일'이었다.

"자, 그래도 힘내서 독도 팝업북을 만들어보자!"

독도 교육을 다 마친 뒤 아이들에게 힘을 불어넣어 줘야겠다 싶어서 일부러 밝은 분위기를 유도했다. 그러나 사실은 나조차도 기운이 나지 않았다. 5교시는 다소 우울한 분위기에서 시작되었다.

"선생님. 독도 노래 틀어주세요."

"응?"

이게 무슨 뚱딴지 같은 소리인가 싶었다.

"그거 들으면 기분이 좀 나아질 것 같아요!"

준서의 제안에 나는 홀린 듯이 유튜브를 틀었다. 아이들이 흥얼거리기 시작했다.

'휴. 다행이다. 한고비 넘겼다. 역시 분위기 살리는 데에는 음악만한 것이 없지. 암만.'

가슴을 쓸어내리며 준서의 제안을 받아들이길 잘했다는 생각을 했다.

그런데 문제가 생겼다. 몇몇 아이들이 팝업북 만드는 과정을 영상으로 보여달라고 했다.

"얘들아, 지금 독도 노래 틀어놓아서 팝업북 영상은 그다음에 봐야 할 것 같은데?"

친절한 교사인 나는 다정한 목소리로 순서를 기다리라고 안내해 줬다. 그런데 갑자기 태림이가 앞으로 나왔다.

"선생님, 그러면 팝업북 영상은 음소거를 하고, 독도 노래랑 같이 동시에 재생해 보세요. 그럼 화면은 팝업북 영상을 보고, 노래는 독도 노래를 들을 수 있어요."

태림이는 유튜브를 켜면서 나에게 도움을 줬다. 동시에 2개의 유튜브를 재생해 본 적 없는 나는 생각하지 못한 방법이었다.

"와! 태림아. 고마워! 선생님은 왜 이 방법을 생각해 보지 못했을까? 진짜 고마워."

아이들은 언제 그랬냐는 듯이 독도 팝업북을 열심히 만들었고, 결과물은 훌륭했다. 아이들을 집으로 보내고 화장실로 걸어가는 길에 한 가지 생각이 문득 떠올랐다.

'오늘 준서와 태림이는 나의 선생님이었다.'

솔직히 말하자면 그동안 학생이 나의 선생님이라고 생각한 적은 별로 없었다. 기껏해야 나를 도와줄 수 있는 존재 정도로 생각했다. 그런데 오늘의 나에게 준서와 태림이는 그저 그런 존재가 아니라 내게 가르침을 준 선생님이었다.

절망적인 분위기를 음악으로 부드럽게 풀어내는 방법을 알려주었고, 두 가지 유튜브 영상을 동시에 재생하면서 음향과 영상을 같이 활용하는 방법을 알려주었다. 그리고 어둠에서 나를 꺼내주었다.

유난히 아찔했던 하루. 순간의 깨달음이 달콤했다.
독도의 날에 만난 두 선생님, 고마워요. 아니, 감사합니다.

# 12.

## 요상한 교실

    요즘 우리 반 아이들이 수상하다. 매일 모여서 쑥덕거린다. 그러고는 요상한⁽²⁾ 일들을 펼친다. 한두 번 겪어보니 이제는 매일 아침 '오늘의 요상한 일'이 궁금해진다. 이별을 아쉬워하는 아이들의 메시지가 고스란히 느껴지는, 그 요상한 일들을 지금부터 소개하고자 한다.


### 1일차

    연구실에서 나오는데 아이들이 교실 앞문에서 왔다 갔다를 반복한다. 까부는 아이들을 향해 큰 소리를 낼까 하다가 호흡을 고르고 동네 할아버지 느낌으로 접근했다.

"아그들아! 뒷문으로 댕겨야지!"

"헤헤헤. 선생님, 저희 오늘 앞문 통행 세 번 했어요! 청소 당첨이에요!"

"응?"

1학기 초에 아이들이 뒷문에서 나와 앞문으로 지나다니는 잡기 놀이를 많이 했는데, 학급 회의에서 이 문제를 해결하고자 앞문 통행을 금지했었다. 그리고 세 번 이상 앞문 통행을 할 경우에는 남아서 청소를 해야 한다는 학급 규칙을 만들었다. 최근까지 잘 지켜지던 규칙이었는데, 이제는 대놓고 이 규칙을 어긴다. 왜지?

"얘들아! 청소하고 싶어?"

"네!"

"왜?"

"선생님이랑 더 있고 싶어서요."

아! 심쿵!


## 2일차

"선생님 어서 오십시오."

출근하는데 한 학생이 무릎을 굽히며 양손을 반짝반짝하는 모양으로 흔든다. 살짝 당황했지만 당황하지 않은 척하며 나도 같이 대꾸해 줬다.

"신나는 에버랜드! 고객님 환영합니다."

"선생님! 여기는 에버랜드가 아니고 신나는 4학년 4반입니다."

"네, 알겠습니다. 근데 이거 왜 하는 거야?"

"선생님 기분 좋으시라고요."

책상에 앉았더니 등교하는 아이들 모두 에버랜드 인사를 하면서 교실에 입장한다.

오늘의 요상한 일은 놀이공원식 인사였다.


## 3일차

"자기야! 반가워요!"

엥? 자기야? 이건 또 무슨 소리인가.

"얘들아! 오늘의 인사는 '자기야'인 거니?"

"네."

"'자기야'는 좀 부담스러운데?"

"선생님은 우리랑 다 사귀어야 해요. 우리 모두의 '자기'거든요."

"아. 그런 거야? 근데 아무리 생각해도 '자기야'는 좀 그렇다."

"그래도 오늘 하루는 우리의 '자기야' 해주세요. 남편한테는 비밀로 해줄게요."

어쩔 수 없이 하루 종일 아이들의 '자기야' 장난을 받아주어야 했다. 그런데 오늘따라 느끼하게 까부는 '자기야'들이 밉지 않다.

## 4일 차

점심을 먹고 나니 몇 명의 아이들이 '아이브'의 노래를 틀어달라고 했다. 요즘 여학생들이 아이브 노래를 즐겨 듣고 교실 한편에 모여 춤 연습하는 것을 알고 있었다. 그래서 춤 연습을 하려나 싶어 틀어주었다.

갑자기 아이들이 내 앞으로 모여들더니 아이브 춤을 춘다. 그리고 마지막엔 '선생님 사랑해요!'라고 외치고는 흩어진다. 마치 예전에 유행했던 '플래시몹'을 보는 듯했다.

결국, 4일 차 요상한 일에서 나의 눈물샘은 터지고 말았다.

처음에는 '역시나 못 말리는 까불이들'이라고 생각했다. 그다음에는 '재미있게 노는 모습이 귀엽다'라고 생각했고, 그다음에는 아이들의 진심이 보이기 시작했다. 그 진심 어린 요상한(?) 일들 앞에서 나는 무장 해제되었다.

꾹꾹 눌러왔던 감정이 더 이상 참을 수 없는 지경이 되어버렸다. 훌쩍이는 나를 보며 아이들은 기상천외한 짬뽕(?) 위로를 건넸다.

"선생님, 울지 마세요. 우리가 또 청소할게요. 야, 빨리 앞문 통행해!" (1일 차 수법)

"선생님, 에버랜드에 오신 것을 환영합니다." (2일 차 수법)

"자기야, 울지 마요. 자기가 울면 나도 슬퍼요. 자기야." (3일 차 수법)

과연 이 아이들이 2022년 지구에 존재하는 열한 살 아이들이 맞는가 싶었다. 나의 미소와 눈물에 그저 하루가 행복한 저 아이들의 마음속에는 과연 무엇이 있을까? 그 끝을 도무지 짐작할 수가 없다. 그저 경이롭고 사랑스럽다.

3부

# 하루도 쉬는 날이 없는 교사들

# I.
# 다문화학교

올해 학교를 옮겼다. 다문화 학생 비율이 30퍼센트가 넘어 다문화 특별학급이 설치된, 무려 '다문화 혁신학교'에 근무하게 되었다. 덕분에 3월부터 4월 사이쯤 지인들과 통화할 때 이런 질문을 많이 받았다.

"그 학교 어때? 다문화 애들 많은데, 다닐 만해?"

그에 대한 나의 대답은 긍정적이었다.

"네, 아직까지는요. 생각보다 괜찮네요. 나름 재밌어요."

여기서 '내 편'과 '남의 편'의 반응이 확연히 달라진다. (평소 '내 편' 과 '남의 편'을 아슬아슬하게 오가는 남편의 반응은 여기에 끼워주지 않겠음. 나는야 글로 복수하는 여자. 후후.)

"정말 다행이다. 역시 넌 잘 지낼 줄 알았어"라고 이야기해 주시는 분들은 내 편.

"어? 그래? 좀 더 지내보고 판단하는 게 어때?"라는 반응을 보이는 분들은 남의 편. (물론 대놓고 저렇게 말씀하시는 분들은 없었지만 말투나 표정에서 저는 다 느꼈습니다. 아, 이것은 신(神)기인가? 소름.)

나는 '남의 편'들의 은밀하고도 음침한 기대를 저버리고 보란 듯이 잘 지냈다. 물론 새로운 학교로 출근한 지 얼마 되지 않았기에 어려움은 있었다. 그러나 이것이 새 학교에 적응하면서 겪는 어려움인지, 다문화학교에 적응하면서 겪는 어려움인지 뚜렷하게 구분할 수 없었기 때문에 생각보다 괜찮다는 대답을 할 수 있었다.

요즘 내가 인스타그램에 올리는 교직 일기는 모두 올해 이야기다. 그런데 몇몇 지인들이 내 글을 보면서 놀라워한다.

"정말 그렇다고? 다문화학교 애들 왜 이렇게 똑똑해! 지금 내가 있는 학교보다 나은 것 같아!"

대부분의 교사는 다문화학교에 대한 편견을 가지고 있다. 나 또한 그러했다. 아직도 그 편견이 완벽하게 사라졌다고 할 수는 없으나, 직접 근무하다 보니 많은 부분이 편견이었다는 것을 새삼 느끼게 되었다. 그 오해와 편견을 풀어드리는 이야기를 나누고 싶어서 이렇게 자판을 두드려본다. 혹시 다음과 같은 분들이 주변에 있다면 내 글을 공유해 주기 바란다. (이것은 혹시 에세이 영업인가?)

"(이장님께서 하는 마을 방송 버전으로) 아아. 마이크 테스트. 하나 둘. 하나 둘. 다문화학교에 지원해야 해서 고민하는 교사, 다문화학교에 지원해

놓고 잠 못 자는 교사, 다문화학교에 발령받아서 심란한 교사 등 다문화학교와 관련된 모든 분께 알립니다. 지금부터 다문화학교에 발령받아서 잘 지내고 있는 한 교사의 이야기를 들려드립니다. 궁금하신 분들은 다음 내용을 참고하시기 바랍니다. 그러나 아직 근무 경력이 채 1년이 되지 않았으니 너무 귀 기울이지는 마시기 바랍니다. 이상입니다."

다문화학교는 힘들 것 같다는 편견을 헤집어서 이리저리 추려보니 세 가지로 정리될 수 있을 것 같다. 학생들은 거칠 것 같고, 대화가 안 통할 것 같고, 학력 수준이 낮을 것이라는 편견이다. 지금부터 그 편견에 대한 내 경험을 소개하고자 한다.

첫째, 다문화 학생들은 거칠지 않다. '거칠다'라는 것은 언어나 행동이 폭력적이라는 표현으로 바꿀 수 있다. 놀랍게도 올해 나의 교직 일기를 보면 알 수 있듯이, 우리 반 아이들은 순수하다. 옆 반 아이들의 분위기도 비슷하다. 나는 현재 4학년 담임을 맡고 있으면서, 동시에 4학년 아들을 키우고 있다. 슬프게도 '겸손'과 '감사'를 더 잘 실천하는 모습을 내 아들보다는 우리 반 학생들의 모습에서 더 자주 발견할 수 있었다.

둘째, 다문화 아이들과의 소통은 크게 어렵지 않다. 사실 나도 이 부분을 가장 걱정했다. 현재 우리 반에는 러시아어를 하는 학생이 세 명 있다. 그런데 이 아이들은 놀랍게도 서로서로 도와주며 소통한다. 한국어를 더 잘하는 학생이 덜 잘하는 학생에게 통역을 해주고, 그래도 해결이 안 되면 다른 반에서 한국어를 진짜 잘하는 통역사를 빌려(?) 온다.

그러면 문제 해결이 의외로 쉽다. 그리고 다문화 학생 비율이 높다 보니 통역해 주시는 인력, 안내장을 번역해 주는 시스템도 잘 갖춰져 있다. 급하면 교사가 번역기를 돌리는 방법도 있다.

셋째, 다문화 아이들의 학력 수준은 낮지 않다. 특히 중국계 학생들은 정말 공부를 열심히 한다. 부모님들도 마치 1970~1980년대 우리 부모님들의 모습처럼 교육열이 높고 선생님에게 매우 우호적이다. 극단적으로 '혹시 흉기를 들고 민원을 넣으시는 분이 계시면 어떻게 하지?' 걱정했었는데, 그런 건 영화가 만든 위험한 판타지였다는 생각이 든다.

물론 현재 우리 학교에서도 힘들어하는 분들이 있다. 그러나 비율로 따지면 그렇게 힘들어하는 분들은 어느 학교에서나 있었다. 나 또한 다른 학교에서 학급 운영이 유난히 힘든 해가 있었다. 그렇기에 다문화 학교라서 더 힘들다는 증거는 찾기 힘들었다. (지금 이 순간에 교실에서 힘들어하시는 선생님들 온 맘 다해 응원하고요.) 물론 어떤 분은 내가 올해 운이 좋아서 학교에 잘 적응한 것이라고 말할지도 모른다. (근데 올해 맡은 학년은 진짜 로또입니다! 그건 인정.)

그러나 나는 만약 내년에 힘든 상황이 온다면 기꺼이 맞이할 준비가 되어 있다. 왜냐하면 나는 그때도 글을 쓰고 있을 것이기 때문이다.

이런 이유로 나는 매일 아침 감사하는 마음으로 다문화학교로 출근한다. 그리고 매일 반복되는 일상의 힘을 믿는다. 그래서 내년에는 똑같은 대답을 더 우렁차게 할 수 있을 거라는 예감과 용기를 가져본다.

"다문화학교,

재미있고 좋습니다!"

# 2.
# 도서관, 그녀

우리 학교 도서관에는 예쁘고 친절한 사서 선생님이 계신다. 학기 초부터 아이들과 함께 도서관을 자주 들락날락하다 보니 사서 선생님과 금방 친해질 수 있었다. 처음엔 날씨로 시작했던 짧은 인사들이 육아 이야기로, 학교 이야기로 계속 이어졌다.

선생님은 부족했던 나의 육아 경험을 늘 경청해 주었고, 많은 도움이 되었다고 했다. (그렇게 도움이 될 만한 팁은 없었는데.) 또, 둘 다 새로운 학교에 적응하는 과정이다 보니 전입교사가 이상하게 느끼는 어떤 '포인트'에 대한 대화도 무척 잘 통했다. (주로 "이거 저만 이상하다고 느끼는 거 아니죠?" 이런 식의 공감.)

게다가 선생님은 늘 갈 때마다 뭘 주셨다. 커피, 간식, 다정한 칭찬은 보너스.

"선생님. 책 정말 좋아하시나 봐요."

"아. 제가 좀 자주 오죠? 그런데 사실 빌린 책을 다 읽는 것은 아니에요."

"지난번에 글쓰기에 관한 책들도 많이 신청하셨더라고요."

"요즘 글쓰기에 관심이 생겨서요."

부끄럽지만 글을 쓰고 있다는 사실을 알려드렸다. 선생님은 이제 모든 의문이 풀린다는 표정으로 나에게 파이팅을 외쳐주었다. 문득 따뜻하고도 아름다운 그녀의 모습을 글로 써봐야겠다는 생각이 들었다. 그녀가 나에게 주는 그 사랑을 대기업⑦에 비유하고자 한다.


첫째, 그녀는 스타벅스다. 벌써 눈치 챘겠지만 그녀의 커피는 믹스가 아니다. 무려 캡슐커피다. '딸깍' 소리와 함께 머신이 작동하는 그 순간 도서관의 모든 것이 아름답게 보인다. 나의 행복감을 읽으셨는지 선생님은 매주 나에게 새로운 캡슐커피를 선사한다. 종이컵이 작다며 항상 종이컵을 두 개씩 겹쳐서 커피를 선물해 주는 세심함까지 갖고 있다.

둘째, 그녀는 코스트코다. 그녀는 손이 크다. 다양한 독서 행사로 아이들에게 선물을 팍팍 안겨준다. (제한된 예산에서 최고의 결과를 뽑아낸다.) 학급 교육 활동을 위한 대량 대출도 팍팍 가능하다. 산더미 같은 책을 바코드로 딱딱 잘 찍어주신다. 또, 회원제로 운영되는 도서관처럼 나의 책 취향을 정확히 찾아주신다.

셋째, 그녀는 마켓컬리다. 글을 써보니 읽지 않고서는 쓰지 못한다는 말이 무슨 말인지 비로소 알게 되었다. 그녀는 내가 '글 똥'을 잘 누게끔 '책 밥'을 준다. 언제나 밝은 미소로 대출과 반납을 도와준다. 좋은 책도 종종 추천하고, 자주 가도 눈치 주지 않는다. 글 똥이 잘 안 나올 때면 글변 활동(?)이 잘 되도록 유산균 같은 역할도 해주신다. 내가 무슨 말을 해도 늘 엄지를 척 올려주는 선생님을 떠올리면 글쓰기를 게을리할 수가 없다.

대기업 같은 그녀 덕분에 여기까지 왔다. 책 밥도 먹여주고, 캡슐커피도 내려주고, 뭐든 대용량으로 퍼주는 사서 선생님께 정말 감사하다. 대기업 같은 사서 선생님에 비하면 나는 아직 스타트업(?)이지만 그 기운을 받아 언젠가는 대기업이 되리라고 믿는다.

글도 교직 생활도. (참고로 위의 기업들은 저와 아무런 관계가 없음을 알려드립니다.)

# 3.
## 미니 트럭

다른 도시로 이동하기 위해 제법 큰 도로를 탔다. 고속도로는 아니었지만 4차선 이상의 자동차 전용도로였던 것으로 기억한다. 앉은 좌석 시야로 2시 방향에서 유난히 작은 트럭을 발견했다. 0.5톤 크기의 미니 트럭이었다. 그런데 차량 뒤쪽에 작은 글씨가 눈에 띄었다.

'혈액 운반 차량'

혈액을 저렇게 작은 차량에 운반한다고? 의아했다. 내 생각에는 냉동 탑차 같은 차에 실어 꼼꼼하게 포장한 뒤 조심스럽게 운반해야 할 것 같은데, 예상과 전혀 달랐다. 급하다고 사이렌도 좀 울려야 할 것 같지만 그 어느 차보다 조용히 제 갈 길을 달리고 있었다.

화려하지도 시끄럽지도 않게 묵묵히 본인의 임무를 다하는 저 작은

라보 트럭이 왠지 안쓰러워졌다. 겨우겨우 빨리 달리는 모습을 보니 왠지 '너무 애쓰지 않아도 괜찮아!'라고 말해주고 싶었다. 엔진의 힘이 달려 주변 차들보다 느리게 달리는 모습에, '조금만 더 힘을 내봐!'라고 응원하고 싶었다. 사람도 아닌데, 없는 엉덩이라도 만들어서 '궁디 팡팡'을 해주고 싶은 심정이었다.

빨리 달려도, 느리게 달려도 뭔가 안쓰러움을 유발하는 신기한 트럭이었다. 불쌍하다고 하기엔 온전히 불쌍하지 않고, 귀엽다고 하기엔 온전히 귀엽지 않은 그 트럭에 왠지 자꾸 눈이 갔다.

"여보, 저 작은 차가 혈액 운반을 하는 모습이 너무 위태로워 보이지 않아? 난 좀 더 큰 차로 옮겨야 할 것 같은데. 그래도 사람의 생명과 관련된 혈액이잖아."

"모든 혈액 운반 차량이 저 트럭은 아닐 거야. 저 트럭은 아마 소량 운반용 같은데?"

남편은 혈액 운반 차량이 생각보다 너무 작다며 안타까워하는 오지랖 넓은 나를 보며 나름대로 생각한 위로의 말을 해주었다.

문득 저 혈액 운반 차량이 교사들의 모습과 닮았다고 생각했다.

혈액 운반 차량은 굉장히 중요한 일을 하고 있지만 결코 화려하지 않다. 혈액은 곧 생명이다. 이 얼마나 중요하고도 거룩한 일인가. 무슨 이유인지는 모르겠으나 소중한 혈액은 너무나 초라한 차에 올라탔다. 거룩함과 초라함이 만나는 그 지점은 시리도록 슬펐다.

그러나 그 작은 트럭은 묵묵히 자신의 속도를 냈다. 무거운 대형 트럭이 지나가면 살짝 흔들리기도 하고, 부드러운 곡선을 뽐내는 세련된 세단이 지나가면 담백한 몸체를 부끄러움 없이 다 보여주기도 했다.

다시 생각해 보면 혈액은 교육이다. 이 얼마나 중요하고도 거룩한 일인가. 그러나 교사들이 지내는 학교에서의 하루는 생각보다 소박하다. 교사들은 교실을 지키며 묵묵히 자신의 속도를 낸다. 이상한 사건이나 정치적 이슈에 얽혀 괜스레 욕을 먹기도 하고, 대기업의 화려한 급여 앞에서 얇디얇은 월급봉투를 부끄러움 없이 흔들기도 한다.

누군가가 교사들의 삶은 클 필요도 화려할 필요도 없다고 했나 보다. 그저 저 미니 트럭 정도면 딱 좋다고 단정지어 버린 느낌이다.

누군가 "혈액이 가진 의미를 생각해 본다면 아무리 적은 양이라도 좀 더 크고 화려한 앰뷸런스 정도는 지원할 수 있지 않을까요?"라는 말을 하지 않았던 것처럼, '교육이 가진 의미를 생각해 본다면 교사들의 삶과 행복도 좀 더 챙겨줄 수 있지 않을까요?'라는 말 역시 아무도 하지 않는다.

'교육'이란 짐을 지우고는 그저 미니 트럭만 타라고 하는 시선은 옳지 않다. '교육'이라는 소중한 가치가 더 잘 구현되려면 더 크고 튼튼한 차가 필요하다.

우리는 더 크고 더 튼튼한 차에 더 가치 있는 '교육'을 담고 싶다. 벤츠까지는 아니더라도 좋은 현기차⑦ 정도는 꿈꾸고 싶다.

"더 이상은 안 돼. 꿈도 꾸지 마. 미니 트럭도 감사한 줄 알아"라고 말하는 사람들에게 되묻고 싶다.

"'당신에게 배송될 예정이었던 혈액이 너무 작은 차량에 실려서 큰 교통사고를 당하는 바람에 배송되지 못했습니다.' 이런 답변을 받는다면 어떤 기분이겠어요?"

물론 미니 트럭이든, 현기차든, 벤츠든 혈액 운반 차량의 운전자는 오늘도 혈액을 싣고 묵묵히 달릴 것이다. 다만 어떤 차에 타느냐에 따라 혈액의 배송 속도, 질, 오배송률 등은 확연히 달라질 것이다.

여러 가지 현실로 비추어 볼 때 지금 대한민국의 '교육'은 미니 트럭에 실려 가고 있다는 생각이 든다. 안타깝지만 미니 트럭 속에 얼마나 반짝이는 것들이 들어 있는지, 누군가는 궁금해하고 누군가는 잊지 말았으면 좋겠다. (그리고 저는 벤츠를 한번 타보고 싶은 마음이 있습니다. 하하.)

# 4.
## 영미의 눈물

전담 시간이라 연구실 컴퓨터 앞에 앉아서 자판을 두드렸다.

"선생님, 뭐 하세요?"

멀리 앉아 있던 6반 선생님이 말을 걸어왔다.

"아. 저 지금 글 써요. 1일 1 글쓰기, 이거 쉽지 않네요."

"근데 스트레스 받지는 않으세요?"

"처음엔 스트레스였는데, 요즘엔 루틴이 되었어요. 왜 이렇게 되었냐면요……."

어쩌다 보니 내가 왜 1일 1 글쓰기를 시작하게 되었는지, 그것을 실천하게 된 지금 내 삶은 어떠한지를 랩처럼 토해냈다.

나는 언제나 착한 딸, 착한 교사, 착한 아내, 착한 며느리, 착한 엄마로 살고자 노력했다. 다행히 성과도 나쁘지 않았기에 늘 칭찬을 들었고, 그럴수록 나는 더욱 착한 사람이 되고자 노력했다.

그런데 번 아웃이 왔다. 몸이 힘들어져서 정신이 힘들어진 것인지, 정신이 힘들어져서 몸이 힘들어진 건지는 잘 모르겠지만 그냥 다 힘들었다. 병원도 열심히 다니고 일도 좀 줄이면서 조금 쉬다가 이내 다시 달렸다. 그런데 뭔가 이건 아닌 것 같았다. 멈추고 싶었지만 어디서 어떻게 멈춰야 할지 몰랐다.

다행히 올해 부장 교사를 하지 않으면서 조금 시간이 생겼다. 책 읽을 시간과 생각할 시간이 생겼다. 마침 친한 선생님 중에 책을 출간하신 분이 있는데, 나에게 글을 써보면 어떻겠냐는 제안을 해주셨다. 나의 게으름을 너무도 잘 알기에 고민이 되었지만, 이 기회가 다시 올 것 같지 않다는 생각이 들었고, 그래서 글쓰기를 결심하게 되었다.

사실 나는 무척 게으른 사람이다. 내가 이렇게 이야기하면 주변 선생님들은 거짓말하지 말라고 한다. 물론 학교에서는 일을 빨리, 많이 하니까 빠릿빠릿해 보일 수도 있다. 그러나 그것은 모두 책임감이 주는 일종의 '각성 상태'였다. 집에 돌아온 나는 방전된 채로 그야말로 침대가 되었다. ('침대와 한 몸'보다 더 심한 상태.)

이런 내가 퇴근하고 글을 쓰려니 시작하는 것부터 힘들었다. 그러나 나에게 늘 지지와 응원을 보내주던 선생님을 떠올리면 누워 있을 수가 없었다. 나를 도와주는 그분은 정말 성실하고 똑똑한데, 나의 게으른 민낯을 자꾸 들키는 것 같아서 두려웠다. 한번은 선생님이 나에게 왜 글을 안 보내냐고 전화하는 꿈을 꾼 적도 있다. 그 덕분에 자꾸 글을 쓰니, 다행히 조금씩 재미가 생겼다. 더 쓰고 싶어지는 신기한 날도 있었다. (매일 그런 날이 오지는 않습니다만.)

그래서 여기까지 오게 되었다. (아! 쓰다 보니 6반 선생님께 풀어놓은 내 인생 이야기를 글로도 풀게 되었다. 어느새 원고가 많이 채워졌다. 워매 좋은 것!)

"아, 역시 예술은 가난과 고통에서 나온다더니. 선생님께서도 그런 시간이 있으셨군요. 선생님, 좋은 이야기를 해주셔서 감사해요. 저도 요즘 생각이 많아요."

어느새 6반 선생님과 나의 눈에는 눈물이 그렁그렁 맺혔다. 요즘 전담 시간마다 연구실에서 선생님들은 내게 글쓰기에 대한 질문을 던진다. 내가 글 쓰는 것을 신기해하시는 분들에게 대답해 드리다 보면 꼭 인생 이야기가 나왔다. 결국 그 전담 시간의 끝에는 우리의 눈물이 남는다. 마치 공식처럼.

"딩동 딩동."

쉬는 시간을 알리는 종이 울렸다. 5반 선생님께서 연구실로 오셨다.

"에고야. 요즘 5반 선생님이 들어오실 때마다 제가 울고 있네요. 주책바가지네요."

나와 6반 선생님은 얼른 눈물을 훔쳤다.

5반 선생님은 연구실에서 눈물을 흘리는 나의 모습을 제일 많이 보신 분이다. (눈물, 콧물 모두 커밍아웃 했습니다.) 처음에는 선생님들이 울고 있으니 무슨 슬픈 일인가 싶어 놀라셨는데, 몇 번 보시더니 이제는 그러려니 하신다.

"그러게. 영미 쌤이 선생님들을 다 울려버리네. 근데 나도 그 이야기 듣고 싶어. 나도 울어보고 싶어. 나도 영미 쌤이랑 전담 시간 겹치고 싶어. 나도 '영미의 눈물'이 필요해!"

나는 눈물이 많다. (당신이 상상하는 것보다 더) 시도 때도 없이 나오는 이 눈물이 늘 부끄러웠다. 남의 결혼식, 돌잔치에서는 기본이고 학부모 상담 때에도 곧잘 울보가 된다. (막상 까보면 사연이 그렇게 많은 여자도 아닌데) 한번 울음이 터지면 잘 멈춰지지도 않는다. 공식적인 자리에서 빨리 눈물을 정리하고 싶은데, 그게 잘 안 되어서 정말 미칠 것 같은 순간도 몇 번 있었다.

그런데 내 눈물이 필요하다는 분이 계시다니! (무려 한 분입니다.)

창피한 줄도 모르고 내 삶을 돌아보고 고민했던 시간을 동네방네 소문내며 운 것뿐인데, 이리도 원하시다니 정말 기분이 이상했다.

처음으로 마르지 않는 나의 눈물에 고마움을 느꼈다.

'영미의 눈물'아, 그동안 미워해서 미안해. 내가 너를 너무 저평가했던 것 같다. 앞으로도 마르지 말고 퐁퐁 샘솟아 주렴. (왠지 앞으로 쓸모가 많아질 것 같은 느낌이 든다.)

# 5.
## 결초보은

　남편이 운전하는 차를 타고 다니다 보면 재미있는 초보운전 문구를 많이 발견하게 된다. 예전에는 '초보운전' 또는 '운전 연수 중' 이런 식의 딱딱한 문구가 많았다. 그러나 최근에는 재미있는 문구가 많아서 초보운전자들의 재치와 센스에 감탄할 때가 많다.

　'결초보은, 이 은혜는 꼭 나중에 다른 초보 분께 갚겠습니다.'

　이 글의 포인트는 중간에 있는 '초보'이다. 재치도 있으면서 의미도 깊다. 그런데 이 문구를 보는 순간 '초보 선배 교사'였던 나의 옛 시절이 떠올랐다.

　쉽지 않았지만 많은 우여곡절 끝에 초보 교사 딱지를 떼고 부장 교사가 되었다. 서른한 살에 첫 부장이 된 나는 늘 정신없고 부족했다. 그러나 다행히 학년이나 업무적으로 만난 후배 선생님들이 정말 좋은 분들이라 많은 도움을 받았다. (지금 생각해도 너무나 좋은 분들이다. 죽을 때까지 복 많이 받을 양반들!)

그 도움을 그냥 받을 수 없기에 나는 늘 식사 대접이나 작은 선물로 감사를 표현했다. 그러면 그들은 나를 더욱 열심히 도왔다. 그렇게 선순환의 관계였기에 함께 일하는 것이 늘 즐거웠다. 그러면서 '아! 후배들한테 이렇게 하면 되는구나' 하며 후배들과의 관계를 마스터했다는 뿌듯함을 느꼈다. (좋은 사람으로 보이기 작전! 오늘도 성공.)

학교를 옮기고 같은 학년에서 새로운 후배를 만났는데, 사소한 일 때문에 오해(?)가 생겼다. 그 문제를 어떻게 해결할까 고민하며 잠을 설친 나는 '그럼에도 그 후배와 잘 지내고 싶다'는 결론을 내리고, 우리 교실로 잠깐 불렀다. 이러저러한 이유로 오해가 생겼음을 설명하고, '당신과 잘 지내고 싶다'는 메시지를 조심스럽게 온 마음을 다해 전달했다.

"지금 말씀하시는 내용은 교사 대 교사로 나누는 대화가 아닌 것 같습니다."

나는 당황했다. 사실은 그 후배를 부르기 전에 혹시나 실수할까 싶어서 비슷한 또래 선생님에게 가서 이렇게 말해도 되는지 상의했다. 그렇게 멘트 검사까지 받고 매우 조심스럽게 접근했는데, 돌아온 대답은 '꼰대 선생님, 선 넘지 마세요'였던 것이다.

서운하고 불쾌했다. 나의 고민과 노력이 모두 부정당하는 느낌이었다. 동료 교사와 생긴 첫 번째 '트러블'이었기에 충격이 쉽사리 가시지 않았다. 억울하고 속상한 맘이 지워지지 않아 친한 선생님을 찾아가 그 후배 교사를 실컷 욕하기도 했다.

시간이 지나면서 그 후배 교사와 부딪치는 사람들이 늘어났다. 그 소식을 들을 때마다 '그래, 나는 틀리지 않았어. 틀린 건 그 후배야'라는 생각으로 내 미움을 합리화했다. 부끄럽지만 찜찜한 승리감을 내심 즐기고 있었다.

그런데 몇 년이 지난 지금 '결초보은'이라는 문구를 보자마자 떠오른 사람이 왜 하필 그 후배였을까?

내 안의 감정이 아직 다 정리되지 않았다는 것을 발견할 수 있었다. 지금 생각해 보니, 당시 나는 '후배들과의 관계를 완벽하게 컨트롤할 수 있는 사람'이라는 자신감이 충만했다.

더욱더 위험한 것은 내가 정답이라는 생각이었다. 늘 인생의 정답을 찾아 살았고, 내가 선택한 그 정답을 증명해 내기 위하여 정말 열심히 살았다. 그런데 몇 년의 숙성⑦ 과정을 통해 '인생의 정답은 없다'라는 답을 찾았다. 게다가 굳이 그 정답을 증명하며 힘들게 살 필요도 없다는 것도 알게 되었다. 정말 힘든 숙성 과정이었다. (숙성한 건 뭐든 비싸다. 내 몸값도 이제 올라가는 걸까? 하하.)

숙성 후 나는 이제 그 후배가 나에게 준 깨달음에 감사한다. 그리고 늦었지만 사과하고 싶다.

"그 당시 좁디좁았던 나에게 더 넓은 길이 있다는 것을 알려줘서 감사합니다. 혹시 부족한 내 말투에서 상처를 받았다면 미안합니다. 이 은혜는 꼭 나중에 다른 후배분께 갚겠습니다."

마음이 후련하다. 출근할 때마다 가슴에 새긴다.

결초보은.

# 6.
## 갑자기 보결이라니

"선생님, 죄송한데 오늘 2교시 영어 전담 시간에 ○학년 △반 보결 가능하실까요?"

"네. 알겠습니다. 좋은 하루 보내세요."

늘 죄인처럼⑦ 접근하시는 실무사님께 일부러 더 밝게 대답해 드렸다.

날이 쌀쌀해지는 요즘 다시 교내의 코로나 확진자는 증가세이다. 교사가 확진될 경우, 보통 기간제 교사나 시간강사가 투입된다. 그러나 관리자 입장에서는 당일 아침에 확진 전화를 받으면 바로 대체 교사를 구하는 것이 쉽지 않다. 그런 경우에는 급하게 전담 시간이 있는 교사를 섭외한다. 그 교사는 갑자기 연락을 받고 해당 반으로 들어가 보결 수업이라는 것을 하게 된다.

보결 수업이 결코 반가운 일은 아니지만 대부분의 교사들은 '그러려니' 하고 들어간다. 그것은 '수업을 못 할 정도의 사정'이 생긴 그 반 담임교사에 대한 예의와 동료애 정도로 설명할 수 있다. 살짝 더 오버해 보자면, 언젠가 나에게도 그런 일이 있을 수 있기에 서로서로 이해하고 돕는 따뜻한 '향약과 두레 정신'이기도 하다. (의미 부여, 포장 전문입니다.)

코로나19 이후 보결 횟수는 현격한 증가세를 보였다. 그전에는 일 년에 3~4회 정도 수준이었다면, 팬데믹 이후 보결은 그 두 배 이상이 되었다. 그렇게 횟수가 늘면서 보결에 덤덤했던 교사들도 예민해졌다. 그래서 보결을 배정하고 안내하는 분들은 늘 조심스럽다. (안내하시는 분 잘못도 아닌데, 그분한테 짜증 내시는 분들이 있다고 한다.)

교사의 갑작스러운 확진 소식을 접한 관리자들은 '선생님, 얼른 나으세요'를 읊으면서 머릿속으로는 재빨리 '기간제 가능 교사 리스트'를 떠올린다고 한다. 최대한 기간제 교사나 시간강사를 구해보지만 온 나라가 난리인 통에 대체 교사 구하기가 하늘의 별 따기라는 이야기도 있다. 대체 교사를 구하는 것이 요즘 관리자들의 핵심 역량이며, 그 역량을 발휘하지 못하는 관리자들은 죄책감(?)에 휩싸여 스스로 보결을 자처한다고도 들었다.

특히 내가 근무하고 있는 지역의 대부도 이야기는 흥미롭다. 대부도라는 섬(물론 도로가 잘 닦여 있어 차로 출퇴근이 가능하다)에 위치한 학교의 관리자들은 출퇴근 서비스, 관사 제공 서비스, 그리고 주변 맛집이나 카페 방문 서비스까지 혜택으로 내세우며 대체 교사를 구한다고 한다. (기간제 선생님. 대부도 한 달 살기 어떠세요?)

이런 난리 통 속에서 다수의 보결 경험 결과, 나름의 기술이 좀 생겼다. 나만 알기 아까워서 당신에게만 살짝 알려준다. (은밀한 주식 종목처럼.)

첫째, 보결 연락을 받으면 사서 선생님께 바로 전화해서 그 시간에 도서관 활용 수업이 가능한지 알아본다. 물론 당일 연락은 매우 무례하지만 1분 전 보결 안내를 받은 나의 딱한 사정을 말씀드리면 사서 선생님들도 영 모른 체하지는 않을 것이다. 보결 수업으로 도서관 활용 수업은 그닥 나쁘지 않다고 생각한다. 도서관으로 가기 전에 해당 반 아이들에게 양해를 구하고 도서관 사용 수칙을 잘 설명하면, 아이들은 진지하고도 깊게 책과 만난다.

둘째, 도서관 섭외가 실패하면 순순히 교실로 들어간다. 그리고 수업을 한다. 미리 수업 준비를 해둔 경우에는 그 수업을 하고, 아닐 경우에는 당황하지 말고 나름대로 수업을 한다. (우리는 1~6학년 교육과정을 모두 알고 있는 전문가가 아닌가!)

이때 가장 중요한 포인트는 담임 선생님보다는 '덜' 잘해야 한다는 점이다. 아이들이 담임 선생님을 그리워할 수 있도록 적절히 세팅(?)해야 한다. 이번 보결 수업의 목표는 오직 하나! '담임 선생님의 소중함을 느끼게 하는 것'이다. 나오면서 마지막 멘트는 "너희 훌륭하신 담임 선생님을 만난 것을 행운으로 알고, 돌아오시면 더 잘해드려라. 선생님

안 계실 때 학교생활 잘하는 것이 진짜 멋진 것이다. 쉽지 않은데 너희들 한번 해볼래?"이다.

반대로, 만약 내가 보결 유발자(?)라면 이런 해결책을 제시해 보겠다.

첫째, 아무리 바쁘더라도 학년에 한 분과는 긴밀하게 연락한다. 아무리 완벽하게 보결 준비를 해놓고 왔다 하더라도 당일에 예상치 못한 문제들이 발생하기 마련이다. 이런 문제들은 주로 학년 부장님이나 옆 반 선생님께서 잘 처리해 주신다. 연락이 안 되면 선생님들은 멘붕(?)이 온다. 잘 도와주고 싶어도 참 어렵다. 그래서 꼭 학년 부장님 또는 옆 반 선생님과는 반드시 긴밀하게 연락해야 한다.

둘째, 돌아왔을 때 학년 부장님이나 동 학년 선생님들께 감사를 표현한다. 앞서 이야기했듯이 나의 공백을 가장 많이 채워주는 분은 학년 부장님이나 옆 반 선생님이다. 이렇게 신세(?)를 진 김에 통 크게 동 학년 간식을 한번 준비하면 어떨까?

실제로 어떤 선생님은 본인의 수업에 들어오신 매 차시의 선생님들을 일일이 직접 찾아뵙고 캔 커피를 돌린 적도 있었다. 본인도 많이 아프셨을 텐데, 미안함을 어찌하지 못하고 한 분 한 분 찾아뵙는 그분의 정성에 정말 감동했다. (그러나 감히 따라 하지는 못했습니다.)

힘든 상황 속에서도 서로서로 생각해 주는 마음만 있다면 어디에나 길은 있다. 다시 생각해 보니 이 보결의 기술은 널리널리 퍼지는 게 좋겠다. (앞에서 비밀이라고 한 말은 취소!)

모든 교사가 기꺼이 보결 수업을 할 수 있도록!

# 7.
## 님아, 그 고구마 먹지 마오!

"3반 선생님, 아침마다 이렇게 구우려면 힘드실 텐데. 감사합니다."

"에이 뭘요. 여기저기서 고구마를 줘서 집에 많아요. 근데 부장님은 고구마 껍질도 안 까고 바로 드시네요?"

"네, 껍질째 먹으면 맛도 있고, 건강에도 더 좋다고 해서 저는 껍질째 먹습니다."

우리 학년 부장 선생님은 고구마를 껍질째로도 맛있게 드시는 개인기의 소유자였다.

"부장님, 잘 드시는 것 보면 저도 기분이 참 좋아요. 아침 일찍 버스 타고 다니려면 힘드실 텐데, 배고플 때마다 오며 가며 고구마 꼭 챙겨 드세요."

"네, 누님 감사합니다."

3반 선생님의 구운 고구마는 마치 정기배송처럼 꾸준하게 공급되었다. 그런데 좀 이상한 점이 있었다. 고구마를 혼자 먹을 땐 꼭 물이 필요했는데, 연구실에서 같이 먹는 고구마는 물 없이도 먹을 수 있었다. 이게 너무 신기해서 남은 고구마를 교실에 들고 와서 혼자 먹어봤다. (궁금한 건 또 못 참지.)

고구마를 입에 넣고 몇 번 씹는 순간 느껴지는 이 퍽퍽함. 당장 물을 마셨다. 그 순간 느꼈다. 같은 학년 동료 교사의 힘을. 그들과 같이 먹는 고구마는 물 없이도 잘 삼켜졌다.

"오늘도 고구마 잘 먹겠습니다."

오늘도 감사의 인사로 물 없이 고구마 먹기가 시작되었다. 오늘의 주제는 재테크.

"제가 월세 받는 집이 있어서 종소세를 내는데요. 아, 이 세금 만만치 않네요."

부장님의 볼멘소리에 3반 선생님의 눈이 동그래졌다.

"종소세가 뭐예요?"

"아, 종합소득세라고 하는데요. 저는 월세를 받아서 종소세를 따로 내야 해서요. 요즘 세금 때문에 골치 아픕니다."

"아, 뭐야! 부장님 부자였네! 한 달 용돈도 엄청 조금 쓰시고, 차 대신 버스 타고 다니시길래 난 그것도 모르고 열심히 고구마 구워다 줬는데!"

재테크에 문외한인 3반 선생님은 학년 부장 선생님에게 심한 배신감을 느낀 듯 보였다.

"심지어 우리 부장님 흙 먹을까 봐 난 아침마다 수세미로 고구마를 열심히 닦았다고요! 근데 이거 보니 내가 부장님 고구마를 구워다 줄 게 아니야! 부장님, 이제 고구마 안 줄 거예요! 고구마 먹지 마요!"

"하하하하하."

그야말로 '빵 터짐'이었다. 누나 같은 마음으로 매일 아침 다 말리지 못한 젖은 머리로 싱크대에 서서 고구마를 수세미로 빡빡 닦았을 3반 선생님 모습을 상상하니 더 웃음이 났다.

"누님, 그래도 고구마는 주십시오. 저 고구마 무척 좋아합니다."

"안 됩니다! 부장님 빼고 나머지 선생님들만 줄 거예요. 다른 선생님들은 먹어도 됩니다."

"선생님, 저희는 고구마 먹어도 되는 거예요?"

3반 선생님은 우리를 쭉 훑어보셨다. 마치 우리의 이마에 각각의 자산이 적혀 있는 것처럼 이마에 시선을 콕콕 찍으셨다.

"응, 다른 반 선생님들은 고구마 먹어도 됩니다. 부장님만 먹지 마요! 부장님은 스테이크 같은 거 먹어요!"

기준은 잘 모르겠지만, 어쨌든 우린 합격이었다.

"하하하하하."

"근데 고구마 먹어도 된다는 말이 왠지 더 언짢은데?"

"맞아요. 이거 좋아해야 할지 말아야 할지 고민입니다."

"하하하하하."

오늘도 웃으면서 꿀떡 삼킨 고구마는 물이 따로 필요 없었다.

# 8.
## 108년의 교육

"선생님, 2주 뒤에 전학공 학년별 발표 준비하세요."

이 무슨 청천벽력 같은 소리인가! 분명 지난 3월에 전문적 학습공동체 학년별 발표회 따로 없다고 하셨는데!

전학공은 거의 끝나가는데 이제 와서 학년별 발표회를 준비하라니 당황스러웠다. 그래도 해야 한다고 하니 바로 대책을 마련해야겠다 싶었다. 나는 우리 학년 전학공 담당교사니까. 책임감 앞에서 두뇌 회전 속도가 급격히 빨라졌다.

'이럴 줄 알았으면 좀 더 사진을 많이 찍어둘걸, 좀 더 체계적으로 운영할걸' 하면서 나는 껄무새가 되었다. 핸드폰에 담겨 있는 몇 장의 사진을 겨우 건져내고, 전학공 주제로 수업했던 자료들을 부랴부랴 찾았다. 그래도 이 정도면 발표할 때 당당하게 몇 마디 할 수 있겠다 싶어 안도했지만, 영 마음이 찜찜했다. 발표 내용에 포인트가 없었다. (포인트가 없으면 못 견디는 스타일이라 언제나 인생이 좀 괴롭습니다.)

문득 최근에 읽은 정김경숙 작가님의 《계속 가봅시다 남는 게 체력인데》라는 책이 떠올랐다. 책에는 같이 성장하는 친한 동료들의 경력을 모두 합치면 100년이 넘는다는 자랑이 있었다. 당장 우리 학년 카톡방으로 갔다.

"선생님! 다들 경력이 어느 정도 되는지 지금 바로 올려주실 수 있을까요? 전학공 발표에서 우리 모두의 경력을 합산하면 어느 정도 되는지 자랑 좀 하려고 합니다."

"22년"

"7년"

"15년"

역시 빠른 우리 동 학년 선생님들! 카톡에 바로 이년 저년들이 올라왔다. (욕 아니고요. 웃기려고요. 워워. 화내지 마시고요.)

핸드폰 계산기 앱을 열어 선생님들께서 보내주신 경력을 합치기 시작했다. 일단 20년 넘은 분이 세 분이나 계셔서 60년은 거뜬하게 넘었다. '잘하면 100년 가까이 되겠는데?' 하며 계산기를 두드렸는데, 예상치 못한 108이라는 숫자를 만나게 되었다.

108년.

처음에는 믿기지 않았고, 그다음에는 108배가 떠올라 웃었고, 마지막에는 뿌듯했다.

'어쩐지! 올해 우리 학년 진짜 잘 굴러간다 했어! 역시!'

온전히 내 경력도 아닌데 내 경력처럼 뿌듯했다. 그리고 전학공 발표의 포인트를 찾았다는 기쁨과 안도감이 몰려왔다.

드디어 발표 당일이 찾아왔다. 앞부분에서 우리 학년의 활동 내용을 소상히⑦ 알리고, 이제 힘주어야 할 포인트가 찾아왔다. 일단 파워포인트에 108이라는 숫자만 띄워놓았다.

"여러분 108은 어떤 숫자일까요?"

다들 의아한 표정을 지었다. '쟤, 여태 발표 잘해놓고 마지막에 무슨 엉뚱한 소리를 하려는 것이지?' 하는 걱정의 눈빛도 느껴졌다.

"올해 저희 4학년은 108년의 교육을 했습니다. 2022년 4학년 선생님들의 경력을 모두 합했더니 108이라는 숫자가 나왔습니다. 어마어마하지요? 2022년 저희는 전학공을 통해 모든 것을 함께했습니다. 그래서 모든 과정과 결과에서 108년의 내공이 나오지 않았나 하는 생각이 듭니다. 7명의 교사 중 1명만 본교 교사, 5명은 전입교사, 그리고 1명은 신규교사였습니다. 결코 쉽지 않은 환경이었지만 똘똘 뭉쳐서 함께한 결과 정말 행복한 한 해를 보낼 수 있었습니다. 올해 학교 적응을 도와주신 부장님과 서로의 학교 적응을 위해 애써주신 동료 선생님들께 깊은 감사의 말씀을 드립니다."

나도 모르게 눈물이 쏙 나왔다. 발표회가 끝나고 동 학년 선생님들께서 정말 감동적인 발표였다고 칭찬해 주셨다. (이건 거의 자축 분위기!)

'108년'이라는 키워드는 전학공 발표회를 위해 급조된 것이었지만 우리의 2022년은 결코 급조되지 않았다. 각자의 자리에서 힘든 일도 많았지만, 서로 배려하고 응원하면서 어렵사리 이끌어왔던 2022년이었다. 그 마음을 알기에 우리의 2022년은 정말 소중했다. 내년은 또 어떤 조합으로, 몇 년의 연대가 이루어낸 교육을 하게 될지 사뭇 궁금해졌다.

퇴근하면서 이 이야기를 나누었더니 냉정한 남편은 그것은 경력의 문제가 아니라 사람의 문제가 아니냐고 반문했다. (아! 또 허를 찔렸다.) 2022년에 특별히 따뜻하고 훌륭한 선생님들을 만난 것은 정말 큰 복이라고 말해주었지만 그래도 난 우연히 발견한 108이라는 숫자가 더 의미 있게 느껴진다며 초등학생처럼 퉁명스레 대꾸했다. 남편이 뭐라고 하든지 말든지, 우리의 108년에게 칭찬을 하고 싶다.

우리들의 108년! 아주 칭찬해!

# 9.
# 홍시 같은 선배

출근길. 카톡이 울렸다. 5반 선생님께서 올린 공지였다.

"연구실에 홍시 있습니다. 지금 오시면 먹기 좋게 손질 서비스 가능이요."

아니! 이게 웬 떡(에 발라먹기 좋은 홍시)이란 말인가? 당장 연구실로 달려갔다.

"생각이 난다. 홍시가 열리면 울 엄마가 생각이 난다."

난데없이 나훈아 음악이 흘러나오고 있었다.

"선생님, 얼른 오세요. 손질된 홍시 있어요."

"우와! 감사합니다! 근데 웬 나훈아 노래예요?"

"홍시 노래 들으면서 홍시 먹으면 더 맛있잖아요."

"하하하하하."

우리는 노래를 흥얼거리면서 1인 1 홍시를 즐겼다. 그 순간 우리 모두의 도파민 지수는 아마 세계 1등이었을 것이다.

"선생님, 너무 맛있어요. 우리 엄마도 이렇게 안 까주는데. 이렇게 하나씩 까주시다니 정말 감동입니다."

"맞아요. 저희 엄마도 어렸을 때 안 까주시고 그 대신 흘리니까 싱크대에서 먹으라고 하셨어요."

"사실 저도 까주지 않고 아들한테 싱크대에서 먹으라고 합니다."

"아, 우리 집만 그런 게 아니네!"

"하하하하하."

껍질이 제거되어 예쁘게 머그컵에 담긴 봉긋한 홍시는 맛있었다. 집에서 가끔 먹을 때는 껍질을 제거하기 귀찮아 칼로 반 토막을 내 숟가락으로 긁어 먹곤 했다. 그런데 완벽하게 손질된 홍시는 부담 없이 떠먹는 아이스크림처럼 정말 편리하고도 달콤했다. 다 먹고 나니 포만감이 올라왔다. 오늘 수업을 잘할 수 있을 것만 같은 자신감도 생겼다. (거짓말 아니에요. 정말이에요. 아마도 도파민 덕분이었던 것 같습니다.)

하루 종일 수업 내내 〈홍시〉라는 노래가 내 머릿속을 맴돌았다. 맛있는 홍시를 얻어먹었으니 개사를 해드려야겠다고 마음먹었다. (고마, 귀엽게 봐주세요. 건치 미소.)


"생각이 난다. 홍시가 열리면 5반 쌤이 생각이 난다.

'라떼는 말이야' 대신 진짜 라떼를 사주시던 5반 쌤이 생각이 난다.

눈이 오면 눈 맞을세라 비가 오면 비 젖을세라

험한 학교 넘어질세라 공문 땜에 울먹일세라

그리워진다 홍시가 열리면 5반 쌤이 그리워진다

후배교사들 살뜰히 챙겨주시던 5반 쌤이 그리워진다."


나도 누군가에게 좋은 그리움으로 남을 수 있는 홍시 같은 선배가
되어야겠다.

(참, 싱크대에서 홍시 긁어 먹던 아들아, 너도 엄마처럼 홍시 까주는 선배님을 꼭 만날

수 있을 거라 믿는다. 파이팅.)

# 10.
## 송딩크 선생님

"선생님, 우리 반이랑 축구 한판 할래요? 심판은 제가 볼게요."

2반 선생님의 제안에 깜짝 놀랐다. 내 귀를 의심했다.

"어머. 축구요? 선생님께서 축구 심판을 볼 줄 아세요?"

"응, 알고말고! 내가 축구 규칙 다 알고요. 아이들과 같이 뛰면서 심판을 봐요. 그것도 아주 공정하게!"

2반 선생님은 40대 중반의 여자 선생님이다. 일찍이 40대 중반의 여자 선생님께서 축구 심판을 본다는 얘기를 들은 적이 없었다.

"나 신규 때는 힐 신고 애들이랑 축구 했잖아."

"네?"

"한참 젊을 때는 학급 대항 축구대회에서 우리 반이 늘 1등이었지.

축구는 꼭 1등 하고 싶어서 특별훈련을 시켰어. 그래서 그 당시 내 별명이 송딩크였어요."

"네?"

"우리 아들도 초등학교 6학년까지 축구 선수 팀에 있었어. 아들 축구 경기 따라다니면서 정말 재미있었지."

"네?"

'네?'만 반복했다. 들을수록 할 말이 없었다. 아니 이런 보석 같은 언니 같으니라고!

선생님 덕분에 지난주 체육 시간에는 2반 선생님의 지도로 남자아이들은 축구 대항전을 했고, 여자아이들은 나의 지도로 피구 대항전을 했다. 2반 선생님은 진짜 계속 뛰어다니며 심판을 보셨다. 경기가 다 끝나자 한 시간 동안 5천 보를 뛰었다면서 자랑스럽게 만보기를 보여주셨다. 이렇게 축구에 진심인 분은 처음이었다.

지난주 1차전 이후로 오늘은 2차전 경기를 펼쳤다. 2반 선생님께서는 남자아이들을 불러 모으셨다.

"얘들아, 오늘 저녁에 대한민국의 축구 경기가 있다! 모두 알고 있지?"

"네!"

"이렇게 중요한 날에 우리가 이렇게 축구 경기를 하게 된 것은 정말 의미 있는 일이야! 알고 있지?"

"네!"

"우리 경기 전에 다 같이 대한민국을 응원하고 시작하자!"

"네! 대한민국 파이팅!"

4학년 남자아이들의 포효는 마치 군대에 온 것 같은 착각을 일으켰다. 저 멀리서 들려오는 대화가 내 가슴까지 뜨겁게 지폈다.

선생님은 오늘도 아이들과 함께 달리셨다. 절도 있는 호루라기 소리가 운동장을 채웠다. 아이들은 열정과 공정을 갖춘 심판의 판정에 찍소리 없이 따랐다. 그저 따뜻하기만 한 선생님인 줄 알았는데 그 안에는 뜨거운 축구 열정이 끓고 있었다. 반전 매력이었다.

멀리서 사진 한 장 찍고, 선생님 너무 멋지다며 카톡으로 전송해 드렸다. 그러나 사실은 나를 위한 개인 소장용이었다. 교직이 허무해질 때, 용기가 나지 않을 때, 모든 것이 귀찮아질 때 이 사진을 다시 열어 보고 싶다.

이렇게 곳곳에서 멋진 선생님을 발견할 때면 마치 멋진 보석을 발견한 것처럼 기분이 좋다. 자꾸자꾸 더 보석을 발견하고 싶다. 그 열정을, 마음을, 에너지를 닮고 싶다. 응원해 드리고 싶다.

"송딩크 선생님, 늘 건강하세요. 정년퇴직까지 축구 심판 꼭 봐주세요! 건강하셔야 해요!"

문득, 송딩크 선생님께 멋진 검정 유니폼을 선물해 드리고 싶다. (이제 치킨 뜯으러 가야지. 대한민국 파이팅!)

# II.

## 딸랑무와 레몬청

퇴근 시간을 앞두고 전화기가 울린다. 선배 언니 A다. 주로 카톡으로 연락하는데, 전화가 오니 왠지 불안하다.

"언니! 어쩐 일로 전화를? 무슨 일 있어요?"

"영미야, 뭐 하냐? 글 쓴다고 또 깔롱 부리고 있냐?"

"하하하. 아뇨. 이제 퇴근하려고 정리하고 있죠."

"퇴근길에 우리 집 좀 잠깐 들렀다 가."

"왜요?"

"딸랑무 김치 담갔는데 너 생각나더라. 너 딸랑이잖아. 하하하하하."

"아, 언니. 증말! 알겠어요. 가면서 들를게요. 감사해요."

퇴근길에 언니 집에 들러서 딸랑무 김치를 받아왔다. 김치냉장고 한 칸을 점령할 만큼 넉넉히 주셨다.

집에 도착하니 또 전화기가 울린다. 이번엔 선배 언니 B다. 이상하다. A 언니와 B 언니는 서로 모르는 사이인데. 이번엔 또 뭐지?

"영미야, 줄 거 있는데 잠깐 나올 수 있어?"

"네? 언니, 뭐요?"

이번엔 또 무슨 선물일까? (이런 것이 바로 김칫국 드링킹.) 듣지도 않았는데 벌써 기분이 좋다.

"레몬청 담갔어. 네가 지난번에 레모네이드 어쩌고 했잖아."

"레모네이드?"

아. 어느 책에서 본 이야기(인생이 너에게 레몬을 주면 시다고 속상해 말고 레모네이드를 만들어버려라, 대략 그런 내용이었다.)를 언니에게 해준 적이 있다.

"야, 레몬으로 레모네이드를 만들게 아니라 레몬청을 만들면 더 좋잖아. 오래 두고 먹을 수도 있고!"

"아, 그렇네요! 역시 언니는 똑똑해!"

"내가 레몬 깨끗하게 빡빡 닦고, 병도 소독했으니까 맛나게 먹어. 참 설탕 아니고 꿀이다. 그거."

"역시 부자 언니! 감사합니다. 잘 먹을게요."

레몬청을 받아들고 와서 자랑스럽게 남편에게 보여줬다. (당신은 이런 거 못 받아 봤지? 도발.)

"여보, 이것 좀 봐. 언니들이 오늘 유난히 나를 찾네. 겨울이 오니까 내 걱정이 되었는지 이렇게 하나씩 챙겨주시네. 진짜 감사하다, 그렇지?"

"그러게. 감사하다. 근데 이유가 있는 것 같아."

"무슨 이유?"

"다들 겨울에 유난히 너를 찾는 이유가 있지."

"그런 게 있어? 뭔데?"

"그건 네가 호빵이라서 그래. 하하하하하."

"아이 씨."

얄미운 남편에게 등짝 스매싱은 날려줬지만 그 말은 인정이다.

동그란 얼굴형에 볼살이 유난히 많은 나는 비슷한 느낌의 별명들을 가지고 있다.

보름달. (상현달, 하현달 이런 거 아니고 언제나 FULL-MOON.)

츄파춥스, 숟가락. (동그란 얼굴에 마른 몸을 가지고 있던 시절.)

마이크. (조금 통통한 몸이 되면 친구들이 숟가락이 마이크 되었다고 했다.)

잠만보. (동그란 얼굴로 침대에 누워있으면 아들이 나를 이렇게 부른다.)

호빵도 그런 별명 중 하나였다. 따뜻하고 넉넉한 이미지 덕분에 싫지 않은 별명이었지만, 오늘따라 그 별명이 유난히 맘에 든다. 앞으로도 많은 사람이 호빵이 나오는 계절에 나를 꼭 기억해 주었으면 좋겠다.

좌 딸랑무 우 레몬청이라니. 이제 올겨울은 문제없다!

## 12.
# 마지막 인사

12월 말, 학년 송년회가 열렸다. 분위기 좋은 레스토랑에서 고급스러운 식사를 마치고 다 같이 커피숍으로 향했다. 2차 수다에서는 한 해동안 활발하게 활동했던 각 반의 VIP('Very Important Person'의 줄임말, 교사들은 지도하기에 어려운 학생을 이렇게 부른다.) 학생들과의 에피소드가 쭈아악 펼쳐졌다.

선생님들 앞에서 한바탕 풀어내고 나면 속이 시원하다. 더 감사한 것은 기분 좋은 칭찬과 따뜻한 위로다. 우리는 서로가 얼마나 애썼는지 알기에, 깊이 있는 공감을 할 수 있다. 이야기가 무르익었을 즈음 한 선생님께서 문득 이야기를 꺼내셨다.

"작년 이맘때 저는 노래 연습을 했어요."

"왜요?"

"너무 예쁜 6학년 아이들한테 졸업식에서 노래를 불러주고 싶었거든요."

"진짜 불러주셨어요?"

"네."

"무슨 노래 부르셨어요?"

"폴 킴의 〈안녕〉이요."

요즘 남편 차에서 폴 킴 노래를 잔뜩 들었던 나는 제목만 들었는데도 이미 슬펐다.

"아이들 앞에서 노래 부르는 것 떨리지 않으셨어요?"

"안 떨려고 차에서 혼자 연습을 많이 했어요. 30번이나. 그런데 당일에 역시나 떨리더라고요."

"아이들 반응은 어땠어요?"

"사실, 우리 딸내미는 걱정을 많이 했어요. 엄마가 노래 부르는 장면을 졸업생들이 찍어서 나중에 놀림감이 될 수도 있는데, 꼭 해야 하냐며 말리더라고요."

"그런데 무사히 잘하셨어요?"

"제가 중간에 울컥해서 몇 번을 다시 불렀는데, 아이들이 끝까지 숙연하게 잘 듣더라고요. 그런데 저는 우리 반 아이들이 그렇게 잘 들어줄 거라는 확신이 있었어요."

"와! 정말 멋진 선생님과 아이들이네요!"

"별말씀을요. 진짜 예쁜 아이들이었어요. 그런데 웃긴 건 혼자 연습할 때마다 오열했다는 거예요. 아들, 딸 학원을 데려다주면서 차에서 연습했는데, 그 애들은 전혀 이해할 수 없다는 표정으로 저를 보더라고요. 하하하하하."

선생님은 웃으면서 우셨다. 그 마음을 알 것 같아서 나도 같이 웃으면서 울었다.

"안녕 이제는 안녕. 이 말 도저히 할 수가 없어. 너로 가득 찬 내 마음."

가사를 곱씹어 보았다. 갑자기 우리 반 아이들이 떠올랐다. 일 년 동안 아이들과 보낸 시간이 파노라마처럼 지나갔다.

2022년 2월, 나는 모든 것이 두려웠다. 출퇴근 시간이 더 길어진 새 학교, 처음 보는 동료 선생님들, 그리고 경험해 보지 못한 다문화학교. 뭐 하나 맘에 드는 것이 없었고, 그렇다고 내 맘대로 고를 수도 없었다. 그저 받아들여야 했던 2월의 불안감. 그리고 치유받지⑦ 못한 채 맞은 3월.

그때의 감정이 살아났다. 그때의 나는 오늘의 행복감을 감히 기대할 수 없었다. 아이들과 이렇게 재미있게 수업할 수 있을지도, 그것을 이렇게 글로 담아낼 수 있을지도 전혀 상상하지 못했다.

그래서 아이들에게 더 미안하고 더 고마워졌다. 내가 준 것보다 더 많이 받았다는 것이 명백했다. 아이들이 퍼부어주는 사랑을 마구마구 받았던 감사한 2022년이었다.

"저도 마지막 인사로 폴 킴의 〈안녕〉을 불러야 할까요?"

갑자기 감수성 100퍼센트가 되어버린 채 선생님들께 질문을 던졌다.

"음. 선생님 노래 잘해요?"

"아. 며칠 안 남았는데? 괜찮겠어요?"

쏟아지는 선생님들의 질문에 갑자기 이성이 100퍼센트 충전되었다.

"아! 그렇죠? 무리겠죠?"

그리하여 마지막 인사는 깔끔하게 허그로 마무리하기로 했다.

종업식 당일, 종업식을 마친 아이들은 내게 빠르게 허그를 해주고 홀연히 떠났다. (그들의 머릿속은 5학년 반 배정에 대한 관심으로 가득 차 있음을 직감했다.)

나는 당황하지 않고 아이들이 모두 떠난 빈 교실에서 혼자 폴 킴의 노래를 담담히 되뇌어보았다.


"안녕 이제는 안녕. 이 말 도저히 할 수가 없어. 너로 가득 찬 내 마음."

4부

# 오늘도 힘껏 출근하기로 했다

# I.
# 맘스터치

"얘들아, 나는 맘스터치 선생님이야."

매년 아이들과의 첫 만남에서 하는 말이다. 아이들의 눈빛은 긴장에서 호기심으로 변한다.

"선생님은 왜 맘스터치 선생님일까?"

'맘스터치'라는 단어에 아이들은 제각기 상상의 나라로 떠난다. 뇌세포가 활성화된 아이들의 표정은 금세 말랑말랑해진다. 그들의 즐거운 상상 시간을 빼앗고 싶지 않아서 최대한 천천히 이유를 가르쳐준다.

선생님이 햄버거 세트를 사줄 거라고 기대하는 학생. (예능을 너무 많이 봤다.)

햄버거를 먹고 있는 본인의 모습을 상상하는 학생. (먹방을 너무 많이 봤다.)

저녁 메뉴를 햄버거로 정해버리는 학생. (다큐를 너무 많이 봤다.)

아이들의 상상력은 너무도 사랑스럽다. 그러나 첫날부터 사랑에 빠진 것을 쉽게 들켜버리면 곤란하기 때문에, 최대한 절제하고 그 이유를 조금 딱딱하게 설명해 준다.

"선생님은 학교에서 너희의 보호자야. 다시 말해 엄마라는 말이지. 영어를 아는 친구들은 알겠지만 맘스터치는 결국 '엄마의 손맛'이라는 뜻이잖아. 그래서 선생님도 너희들에게 엄마의 손맛을 보여주겠다는 말이지."

말랑말랑해진 아이들이 다시 굳어버린다. 안타깝게도 '엄마의 손맛'이라는 단어에서 아이들 대부분은 체벌을 떠올린다. 그리고 '아, 올해 망했다'는 표정이 된다.

"선생님 때려요?"

"선생님 무서워요?"

'깡' 또는 '용기'가 있는 아이들은 애써 쫄지⑦ 않은 척하며 나에게 질문을 던진다.

"아니."

"그럼 왜 맘스터치예요?"

엄마의 손맛은 기가 막힌 요리 솜씨도 아니고, 등짝 스매싱을 날리는 매운 손맛도 아니라고 설명해 준다.

"맘스터치라는 건 엄마의 마음, 엄마의 지도, 엄마의 소통이라는 뜻이야. 나는 오늘 너희들을 낳았어. 그리고 앞으로 1년 동안 너희들을 잘 키울 거야. 마치 엄마처럼. 엄마의 마음으로 엄마처럼 소통하고 지도할 거야."

4학년에서 6학년, 소위 고학년 학생들은 이 말에 고개를 끄덕인다. '맘스터치가 선생님의 교육관 또는 교육철학 같은 것'이려니 하고 다음 이야기를 이어간다. 그러나 1학년에서 3학년, 즉 저학년 아이들은 난리가 난다.

"선생님, 우리 엄마는 집에 있다고요!"

"선생님이 26명을 한꺼번에 어떻게 낳아요! 거짓말!"

피식 웃는다. 그리고 혼자 생각한다.

'아직은 나를 학교 엄마로 인정하기가 어려운 모양이군. 그렇지만 미안하다. 너희는 이미 내 자식이 되었다! 이 자식들아! 이제 도망 못 간다! 하하하하하!'

이렇게 맘스터치 생활은 시작된다. 아이들이 뭘 하든 난 '맘스터치'다. 오직 엄마의 마음으로 내 길을 간다. 맘스터치는 매일 쌓인다. 그리고 교사와 학생 간의 신뢰를 만들어준다.

평소 편식이 심하고 잘 안 먹는 민성이에게 오늘은 맘스터치로 밥을 한 숟가락 더 주었다.

"민성이 오늘 생일이니까 밥 한 숟가락 더 먹어! 내가 너 낳느라고 얼마나 힘들었는지 알지?"

"아. 싫어요."

싫다고 하는데 몸은 꽈배기 상태이며 눈은 웃고 있다. 이 정도면 '맘스터치'가 먹힌다는 확신이 든다. 좋아. 작전 개시!

"그러지 말고 딱 한 숟가락만 더 먹어봐! 응?"

"……."

"선생님, 민성이 키 크려면 한 숟가락으로는 약해요. 두 숟가락 줘요."

이번엔 다른 애들이 난리다. 위기의 민성이는 애들한테 조용히 하라며 '쉿!' 제스처를 취한다. 귀여운 소란이 지난 후 민성이에게 조용히 다가간다.

"민성아, 근데 힘들면 무리하지 않아도 괜찮아. 알지? 생일 축하해."

그날 민성이는 급식을 다 먹었다. 그리고 오후에 민성이 어머님께 전화가 왔다.

"선생님, 우리 민성이 축하해 주셔서 감사해요. 급식지도도 감사해요."

어깨에 힘이 들어갔다. 전화를 끊고 조용한 교실을 지키고 있는 26개의 책상과 걸상에게 외쳤다.

마! 봤나? 이것이 맘스터치의 힘이다. 마! (부산 사람 아님. 맘스터치 홍보대사는 더더욱 아님.)

## 2.
# 돼지저금통

교실 문을 열고 맑은 가을 하늘과 살랑이는 바람을 느꼈다. 오늘도 감사했다. 언제나 나를 응원해 주신 선배 선생님이 생각나서 전화를 드렸다.

"영미, 요즘 글 잘 보고 있어."

"감사합니다. 선생님께서 하고 싶은 것은 꼭 해보라고 응원해 주신 덕분에 용기를 낼 수 있었어요."

"재밌더라. 근데 글의 장르가 뭐야?"

"장르요?"

"응. 에세이야? 어떤 소설이야? 그걸 뭐라고 해야 해?"

"에세이에요. 글에 나온 내용은 다 진짜 있었던 일이에요."

"아, 진짜? 그 학교에 그런 애들이 있다고?"

웃으면서 절대 '소설 쓰는 사람'이 아님을 밝혀드렸다.

"뭐야. 나 정말 좌절했어. 교직 경력이 몇십 년인데도 난 그런 아이들을 만난 적도, 그런 교사인 적도 없었던 것 같아서 갑자기 부끄럽다."

"선생님, 걱정 마세요. 내년 일은 또 모르는 거 아시잖아요. 한해살이 교사 인생, 절대 방심하면 안 된다고요. 제가 내년에 또 엄청 힘들어할지 누가 알아요? 하하하하하."

"맞아. 혹시 내년에 힘들어지면 지금 쓰고 있는 '긍정 교직 에세이' 말고 '부정 교직 에세이'도 한번 써봐. 난 그런 글이 좋아."

"네. 그렇게 해볼게요. 하하하하하."

평소에 늘 솔직하고 정말 나를 아껴주시는 분이라는 신뢰가 있기에, 선생님의 말씀을 오해하지 않고 다 이해할 수 있었다.

'명예퇴직을 하신 분을 좌절시킨 풋내기 교사'라니 어쩌면 어깨가 봉긋하게 올라갈 수도 있었겠다. (죄송합니다. 솔직히 0.01초 동안 0.01센티미터는 올라갔었습니다.)

그러나 얼른 정신을 차리고 '비교' 2행시를 떠올렸다.

'비: 비참해지거나, 교: 교만해지거나'

비참해지거나 교만해지기 싫었다. 왜냐하면 교사의 운명은 '한해살이'라는 것을 그 누구보다도 실감한 경험이 있기 때문이다.

학교폭력 때문에 퇴근 시간이 한참 지날 때까지 관련 법률을 꼼꼼히 찾아본 적도 있었고, 교권 침해를 당해 깊은 우울감에 빠져 있던 시간도 있었다. 그렇기에 언제나 나는 자신 있다고 말할 수 없다는 것을 잘 안다. 그리고 0.01센티미터 올라간 어깨를 비웃듯 바로 그다음 날, 아이들은 말을 잘 안 들었다.

'혹시 우리 반 학생들이 어제 선배 선생님과의 통화를 엿들은 것인가?'

'아니, 이것은 다크한 '부정 교직 에세이'도 써보라고 하늘이 주시는 기회인가?'

별의별 생각이 다 들었다.

오늘은 아이들이 제각기 자기 멋대로였고, 나는 매우 엄격한 선생님이 되었다. 1교시부터 5교시까지 단 한 번도 웃지 않았다. 분위기 조성 차원에서의 표정 관리도 있었겠지만, 오늘은 진짜 아이들이 싫고 미웠다.

그런 하루를 보내고 나니 짜증과 피곤이 몰려왔다. 며칠 동안 노력해서 유지한 긍정의 감정을 잃어버린 것 같아 무척 속상했다.

그렇지만 내가 '부정적인 감정을 알아차렸다'는 것을 알아차렸다. 그래서 좋은 노래, 좋은 생각으로 다시 긍정의 감정을 찾고 싶었다. 금방 되지는 않았다. 역시 쉬운 것이 아니었다. 교실 밖으로 나갔다. 학교 건물 주변을 좀 걸었다. 한 바퀴, 두 바퀴. 걷다 보니 기분이 좀 나아진 듯했다. 그리고 어제 선배 선생님과의 통화 내용이 떠올랐다.

갑자기 웃음이 났다. 선배 선생님께 전화해서 오늘 있었던 일을 말씀드릴까, 하다가 기록부터 해야겠다 싶어 당장 교실로 올라와 메모

했다.

저녁에 집에 돌아와 글을 쓰는데 갑자기 문득 '돼지저금통'이 생각났다.

매일 학생 26명, 학부모 26명(최소), 공문 ○○개의 변수들과 만나야 하는 교사는 심리적 돼지저금통이 반드시 필요하다. 좋은 기억을 저금해서 필요할 때 꺼내 쓸 수 있어야 하기 때문이다. 좋은 경험을 가졌다고 축배를 들 것이 아니라, 감사하면서 돼지저금통에 저축해 두어야 한다. 그리고 힘들 때마다 꺼내 쓰면 된다.

혹시 너무 많이 꺼내서 동전이 없다면 스스로 작은 성공 경험을 만들어서라도 꼭 저축을 해놓아야 한다. 예를 들면 아이들과 소통했던 경험이나 새로운 수업을 시도해서 성공했던 경험, 내 업무를 조금 더 완벽하게 처리해 주변 사람들로부터 칭찬을 받은 경험, 주변 선생님들과 즐거웠던 경험들을 다 저축할 수 있다.

'아이들이 귀찮다, 새로운 수업 적용은 피곤하다, 업무는 대충 하고 싶다, 혼자가 편하다'는 등의 생각은 결국 꺼내 쓸 동전이 없는 가난한 교사를 만드는 생각이라는 것을 알게 되었다. (죄책감은 갖지 마세요. 솔직히 저도 이런 생각 많이 했습니다.)

가난한 교사는 꺼내 쓸 긍정의 동전이 없다. 그러면 슬프게도 더욱 가난해진다. 자본주의에만 부익부 빈익빈이 있는 것이 아니었다. (꾸역꾸역 매일 글을 쓰다 보니 결국 이런 생각까지 하게 되네요.)

이제부터 더 적극적으로 돼지저금통에 좋은 생각, 좋은 경험을 차곡차곡 쌓아두어야겠다는 다짐을 했다.

더 나아가 혹시 돼지저금통이 넘치면 좀 나누어주는 것도 좋겠다는 큰 꿈도 그려본다. (하지만 오늘 제 돼지저금통의 잔고는 비밀입니다. 아직 부끄럽거든요.)

# 3.
## 오늘의 끌어올리기

"당근!"

일요일에 집 대청소를 마치고 나면 월요일부터는 나의 당근마켓 앱이 바빠진다. 주말 내내 집을 뒤져 쓸데없는(이라고 하면 내 물건을 산 사람들이 기분 나빠할 것 같다는 생각이 섬광처럼 스쳐 지나가서 급히 말을 살짝 바꾸어본다.) 것 같은 물건들을 당근에 잔뜩 올려놓으면 핸드폰에서 '당근! 당근!' 한다.

올리자마자 바로 팔리면 정말 기분이 좋다. 집도 깨끗해지고 돈도 벌 수 있으니 이것이야말로 '일석이조'가 아닐 수 없다. 그런데 시간이 지나도 유난히 안 팔리는 것들이 있다. 사진이 별로라서 그런가 싶어서 사진을 수정해 보기도 하고, 매력적인 가격이 아닌가 싶어 금액을 낮추기도 한다. 이런저런 궁리를 하다가 도저히 안 되겠다 싶으면 그다음에는 '끌어올리기'에 도전한다.

'지금 가격을 낮추면 관심을 누른 6명의 이웃에게 알림이 가요.'

'다음 끌어올리기는 2일 12시간 뒤에 할 수 있어요.'

끌어올리기는 재미있는 시스템이다. 그러나 하고 싶다고 계속할 수 있는 것이 아니라 나름의 방법, 즉 '룰'이 있다. 한 번 더 물건을 눈에 잘 띄게 하는 이 끌어올리기를 보는 순간, 교실에서 소외되는 아이들이 떠올랐다. 그래서 약간의 궁리 끝에 이 끌어올리기, 줄여 말하면 '끌올' 시스템을 학급 운영에 적용했다.

모든 학생에게 관심을 갖고 지도하는 것이 담임교사의 역할이자 의무라고 생각했다. 하지만 매일 꾸준히 모든 학생에게 관심을 갖는 것은 정말 쉽지 않았다. 그래서 매일 모든 학생에게 관심을 가지지 못하는 나를 채찍질하기도 했다.

결국, 고민 끝에 오히려 나의 한계를 인정하고 나에게 필요한 시스템을 만들겠다고 다짐했다. 부담스럽지 않게 지속할 수 있는 방법을 찾고 나니 오히려 마음이 더 가벼워졌다.

끌올 시스템도 그중 하나다. 끌올을 한다는 것은 내 머릿속에 어떤 학생을 1순위로 둔다는 말이다. 즉 그날의 끌올 학생은 나의 1순위 관심 대상이 된다는 말이다. 정신없는 교실이지만 정신을 바짝 차리고 오직 한 명을 머릿속에 콕 박는다.

매일 아침 출근하면서 오늘의 끌올 학생을 떠올린다. 교실에 들어서는 순간 모든 자극과 과업이 한꺼번에 밀려오기 때문에 끌올 학생을 떠올리는 것이 쉽지 않다. 그래서 비교적 머릿속에 여유가 있는 출근 시간에 떠올리는 것이 가장 좋다.

1학기 때에는 번호 순서대로 아이들을 끌어올린다. 1번부터 끝 번호까지 모든 학생이 끌올을 당할⑦ 수 있도록 배치한다. 끌올이 한 바퀴 돌아가면 반 아이들에 대한 정보가 꽤 쌓인다.

사실 학생들은 본인이 오늘 끌올 대상인지 뭔지 전혀 모른다. 이건 나 혼자만의 비밀 놀이다. 아침에 등교할 때의 표정, 쉬는 시간에 함께 하는 주변인, 점심 급식 판을 금세 비우는 열정 등을 탐정처럼 꼼꼼하게 관찰하고, 기록한다.

여기까지만 하고 싶은데 다음 문제가 있다. 관찰하다 보면 분명히 질문이 생긴다. 아침부터 표정이 왜 그런지, 쉬는 시간에 왜 목소리가 높아졌는지, 왜 어떤 반찬은 남겼는지 궁금해진다. 그러면 자연스럽게 대화 주제가 생긴다. 사실 끌올은 비밀스러운 탐정 놀이에서 시작되지만 마무리는 간단한 대화나 상담으로 이어지는 경우가 많다.

처음부터 '대화를 해야지', '상담을 해야지' 하면 참 부담스럽다. 그러나 '끌올 해야지', '비밀스러운 탐정 놀이를 해야지' 하면 가볍고 재밌다.

2학기에는 끌올의 대상을 조금 추려본다. 유난히 말이 없거나 잘 어울리지 못하는 학생 위주로 집중적으로 한다. 2학기 끌올은 효과가 좋다. 아이들과 관계 형성도 되어 있는 데다가 적절한 피드백까지 해줄 수 있어, 집중 끌올을 하고 나면 아이들이 조금씩 변화하는 것이 보인다. 안 팔리던 물건을 고심 끝에 끌어올렸더니 바로 팔리는 그 희열! 바로 그런 희열이 느껴진다! (다들 느낌 아시죠?)

오후에 교실에 홀로 앉아 수첩에 탐정처럼 끌올 후기를 적고 있노라면 오늘 관찰한 웃긴 일 때문에 한 번 웃고, 웃고 있는 내가 웃겨서 한 번 더 웃게 된다.

나는 매일 학교 마켓 끌올 하러 출근한다.

(그럼 월급은 '학교페이'라고 해야 하나?)

# 4.
## 조퇴가 준 선물

아침부터 몸이 좋지 않았다. 수업을 못 할 정도는 아닌데 그렇다고 퇴근 시간까지 버틸 수 있는 상태는 아니었다. 이런 날이 제일 애매하다. 응급실에 실려 갈 정도면 고민 없이 연가를 낼 텐데, 그 정도가 아니니 연가를 낼 수는 없다.

그렇다면 나의 선택은 조퇴 후 링거 맞으러 가기. (지금 생각해 보면 어쩌면 수업을 못 할 정도였는지도 모른다는 생각이 든다. 아, 이런 무식한 인생이여. 선생이여.)

겨우 수업을 마치고 병원으로 향했다. 링거를 맞고 집으로 가기 위해 지하철역으로 갔다. 무선 이어폰을 꽂고 있는데 한 할머니께서 거침없이 나에게 돌진하셨다. 재빨리 이어폰을 빼고 할머니와 눈을 맞췄다.

"나 수원 가야 하는데, 어디로 가야 혀? 차를 놓친 것 같어."

이 역은 기존의 노선에 새로운 노선이 신설된 역이라 기차의 행선지를 잘 보고 타야 한다.

"할머니, 다음 열차 타시면 갈아타지 않고 바로 가실 수 있어요."

"아, 내가 잠깐 다른 생각을 하느라고 기차를 놓쳤는데. 그럼 이다음 열차 타면 되는겨?"

"네, 할머니. 지나간 기차 노선은 한 번 갈아타셔야 하는데, 이번 열차는 바로 가는 거예요. 오히려 더 잘 된 거예요."

"아 그려? 고마워요. 고맙네. 고마워."

이제 도와드렸으니 이어폰을 다시 낄까? 고민이 되었다. 뭔가 더 말씀하고 싶어 하시는 할머니를 외면하고 이어폰을 다시 끼는 것이 어쩌면 무례한 것인지도 모르겠다는 생각에 우물쭈물했다. 이러지도 저러지도 못하던 그 순간, 고맙게도 기차가 플랫폼으로 들어왔다. 기차에 올라탔는데 빈자리가 두 개. 조용히 집에 가고 싶었는데, 이를 어쩌나.

"아가씨, 일루와. 언능 앉어."

"아. 네네."

갑자기 동행이 되었다. 할머니는 본인이 실수할 사람이 아닌데 실수를 했다면서 집에 가서 아들한테 이야기하면 '그러실 분이 아닌데 왜 그랬냐'고 한 소리 듣겠다면서 본인의 총기를 적극적으로 어필하셨다.

"할머니 연세가 어떻게 되세요?"

"응. 나 여든셋이여."

우와. 40대 내 인생에 이렇게 건강한 80대는 본 적이 없었다.

"어머, 저는 60대쯤 되시는 줄 알았어요."

"그려? 고마워."

할머니의 함박웃음이 마스크 밖으로 새어 나왔다.

"그런데 할머니, 건강 비결이 뭐예요?"

요즘 부쩍 건강에 관심이 많아진 나는 진심으로 그 비결이 궁금했다.

"첫째는 많이 웃고, 둘째는 베풀고 살고."

의외의 대답이었다. 소식이나 운동 등의 비법이 나올 줄 알았는데. 비결은 웃음과 나눔이라니!

"나이 들면 다 필요 없어. 예쁜 년, 돈 많은 년 다 저세상 갔어. 안 아픈 년이 최고여."

뭐야, '안 아픈 년'이 최고라니! 뭐야 오늘 나는 '아픈 년'인데! 건강한 80대 할머니 앞에서의 패배는 더 쓰라렸다. 병원 약 봉투를 내밀면서 할머님께 푸념을 늘어놓았다.

"저는 오늘 아픈 년인데, 할머니는 안 아픈 년이시네요!"

"하하하하하. 아프지 말어. 인생 살다 보면 당장은 진짜 큰일 같은데 시간 지나가면 다 아무것도 아닌 일이 되고 말아. 아가씨도 너무 전전긍긍하면서 살지 말어. 많이 웃고, 많이 베풀고 그것만 혀."

눈가에 이슬이 맺혔다. 이내 맞은편에 앉은 승객들의 시선이 느껴졌다. 눈을 깜빡이며 애써 괜찮은 척했다.

"할머니. 지금 보니까 100세까지 사시겠어요."

"100세? 앞으로 17년이나 더 살라고?"

"네, 요즘은 100세가 유행이잖아요."

"아 그랴? 그럼 한번 나도 그래봐야겠네. 고맙네그려."

힘겨운 조퇴 길에 만난 비타민 같은 할머니였다. 건강한 모습으로 80대까지 건강하게 사시는 할머니의 모습에서 새로운 용기와 희망을 얻었다.

몸이 좋아진 다음 날부터 바로 걷기를 결심하고 시작했다. 그러나 매일 운동하러 나가는 일은 정말 쉽지 않았다. 부쩍 추워진 날씨, 빨리 어두워지는 하늘이 자꾸 핑계가 된다.

그럼에도 나를 벌떡 일으켜주는 한마디가 있다. 이 한마디에 당장 스마트 폰을 내려놓고 운동화를 신게 된다.

'안 아픈 년이 최고여!'

# 5.
## 미소와 눈치

교사는 매일 다양한 사람을 만난다. 학생, 학부모, 동료 교사까지, 집단의 성격도 만남의 목적⑺도 정말 다양하다.

예를 들자면 조손가정의 경우 1학년 학생은 8세인데 그 학부모님으로 60세 할머니를 만나기도 한다. 2학년 담임의 경우 학생은 9세인데 동 학년 선생님은 58세인 경우도 있다. 실제 나의 경험이다.

어쨌든 매일 10대부터 60대까지의 넓은 스펙트럼을 감당해야 하는 것이 교사의 현실이다. (요즘은 가정의 형태가 다양하고, 100세 시대이니 이 스펙트럼은 더 넓어질 가능성이 높다.)

우리 모두의 발령 첫날이 그토록 힘들었던 이유는 예상치 못한 나이대의 사람들을 쓰나미처럼 만나게 되는 것 때문이 아닐까 싶다.

교사 커뮤니티를 보면 다양한 사람들을 감당하기가 너무 어렵다는 선생님들의 글을 속속 발견할 수 있다. 절망적인 것은 '너무 어려운데', '힘든데', '방법을 모르겠는데', 내일 또 그 사람들을 만나야 한다는 점이다. 그래야 월급이 나온다. 먹고살 수 있다. 물론 나 또한 경험했던 감정이다.

이 상황 속에서 심리학을 공부하거나 명상을 배우는 등 어려움을 극복하려는 분들이 있다. 훌륭한 분들이다. 그런 분들은 정면 돌파 경험을 통해 노하우를 갖게 된다. 또 그것을 나누고자 책을 쓰고 연수를 다닌다. (존경합니다.)

안타깝게도 나는 그렇게 적극적이거나 긍정적인 탈출구를 찾지 못했다. 그래서 고작 할 수 있는 일이 무조건 많이 웃는 것과 눈치 보기(자꾸 하다 보면 배려가 됨), 이 두 가지였다. 이 두 가지의 유래(?)를 거슬러 올라가 보자. (궁금하지 않다면 패스하셔도 됩니다만 안 보시면 또 궁금하실 텐데요?)

무조건 많이 웃는 것. 즉 미소는 고3 때 담임 선생님께서 "너희는 못생겼으니 웃어야 한다. 무조건 웃어라"라고 말씀해 주셔서 시작하게 되었다.

눈치 보기. 이것은 어렸을 때부터 눈치가 없어서 부모님께 많이 혼났던 경험 때문에 강제로 습득된 사회생활 기술이다.

그나마 이 두 가지 태도를 가지고 교직 생활을 시작하게 되어 참 다행이라고 생각한다. 나에게 영향을 주신 두 분께 심심한 감사의 말씀을 올린다. (다시 하고 싶은 말로 돌아간다.)

시간이 좀 많이 걸리긴 했지만 두 가지 방법도 나름 효과가 있었다. 앞서 말한 훌륭한 분들의 '날카로운 칼'에 비하면 정말 '무딘 칼'을 가진 나였지만 그래도 학교라는 전쟁터에서 이렇게 살아남았다. 그리고 깨달은 것이 있다. (무딘 칼'의 장수에게도 깨달음이 온다. 이 얼마나 감사한 일인가!)

첫째, 미소가 있는 사람에게는 좋은 사람이 온다. 당연히 사람들은 찡그리는 사람보다는 미소 짓는 사람에게 끌린다. 많이 웃으면 어느새 좋은 사람들이 내 주변으로 온다. 그러면 학교가 힘들어도 좋은 사람들에게 의지해서 학교를 다닐 수 있는 용기가 조금 생긴다.

둘째, 눈치가 있는 사람에게는 기회가 온다. 눈치 있게 행동하려면 언제나 상대방을 잘 관찰해야 한다. 관찰하다 보면 상대방에게 내가 해줄 수 있는 일이 조금씩 보인다. 그것을 행동으로 옮기면 바로 배려가 된다. 바로 눈치가 배려로 업그레이드되는 순간이다! 사람들은 배려하는 사람을 언제나 가장 먼저 떠올린다. 그리고 그것이 나에게 좋은 기회로 돌아온다.

셋째, 미소와 배려가 있는 사람에게는 성장이 온다. 미소와 배려로 버티다 보면 분명 한계가 드러난다. 그러면 고민하게 된다. 그런데 앞 단계에서 만난 사람과 기회들이 나에게 답을 준다. 실제로 좋은 사람들과 좋은 기회로 나는 여기까지 성장했다. (음. 대단한 위치는 아닙니다만, 저는 지금 진행형이니 아직 저를 한계 짓지 말아주세요. 물론 비웃음은 얼마든지 가능합니다.)

이 세 단계를 다 경험하고 나면 마지막으로 보너스처럼 놀라운 생각이 뿅! 하고 나타난다. 그것은 바로 '같이 성장하고 싶다'라는 생각이다. (혹시 이 생각이 아직 들지 않았다면 미소와 눈치 보기, 아니 배려를 더 실천하십시오.)

요즘 좋은 동 학년 선생님들과 '같이 성장'하고 있다. 그리고 같이 성장하는 것이 진짜 가치 있는 성장이라는 것을 실감하고 있다. 6반 중에서 다섯 명이 올해 전입교사로 구성된 우리 학년은 같이 성장하면서 행복한 전입 학교 적응기를 써가고 있다. 단언컨대, 이토록 행복한 전입교사들은 이 세상에 없을 것이다.

혹시나 예전의 나처럼 고민하고 방황하는 교사가 있다면 감히 추천하고 싶다.

학교생활, '미소와 눈치'부터 준비해 보세요.

# 6.
## 반가사유 교사상

전담 시간 없이 6교시 수업을 꽉 채워 달렸다. 아이들을 급히 보내고 교실에 앉았다. 한숨을 돌리는데 아랫배에서 콕콕 신호가 온다.

'아, 화장실!'

정신없는 시간을 보내며 미루고 미룬 화장실이 더 이상은 안 된다며 나를 재촉했다. (방광 포화상태) 복도 맨 끝에 위치한 우리 교실과 화장실과의 거리는 약 30미터. 자, 출발이다.

냅다 뛰면 교양을 잃게 되고 너무 천천히 걸으면 속옷을 잃게 된다. (다행히 18년 동안 그런 경험은 한 번도 없었습니다. 오해는 마세요.) 너무 **빠르지도** 너무 느리지도 않은 걸음걸이로 목표를 향해 전진한다. 긴 복도에서 목표물만 보고 걷는 것이 좀 민망하고 어색하다.

눈동자를 오른쪽, 왼쪽, 위, 아래로 자연스럽게 돌려본다. 마주치는 선생님께 미소도 좀 나눠드린다. 여러 교실을 지나지만 그렇다고 너무 들여다보는 느낌이 나서는 안 된다. 앞문 쪽에서는 선생님을 훔쳐보고 뒷문 쪽에서는 학생들의 작품이 걸린 게시판을 살짝 훔쳐본다. (좋아, 자연스러웠어.) 드디어 목표점에 도달했다. 편안히 화장실에 앉아 '화장실 참는 나'를 자책한다.

'애들도 중하지만 너를 좀 챙겨라. 방광염이라도 걸리면 어쩔 것이냐. 이제 나이도 있는데 화장실은 좀 잘 챙겨보자. 뭣이 중헌디!'

나한테 혼나는 시간은 짧고 굵었다. 손을 씻고 물기를 탈탈 터는데, 갑자기 재미있는 생각이 떠올랐다.

바로 주말에 보았던 〈차이 나는 클라스〉라는 프로그램이었다. 이번 주 주제는 '반가사유상'이었다. 반가사유상은 그 이름에서 작품의 성격을 모두 발견할 수 있다. 반가사유상이란 반가부좌를 하고(반가) 앉아서 생각을 하는(사유) 불상(상)이라는 뜻이다. 실제로 국립중앙박물관에 가서 관람한 적이 있었기에 더 재미있게 시청했다.

그런데 방금 방광을 부여잡고 걸어온 그 길에서 몇 개의 반가사유상을 본 것 같다는 생각이 들었다. 분명 반가사유상이었다. 선생님들은 아이들이 떠난 교실에서 반가부좌를 틀고 한쪽 턱을 괴고 앉아 있었다. 그냥 멍하게 앉아 계시는 분도 있었고, 그 상태에서 모니터를 보면서 마우스를 클릭하는 분도 있었다.

교실마다 앉아 있는 반가사유상이라니! 혼자 웃음이 났다. 교실로 돌아가는 길에 다른 교실들을 다시 들여다보았다. 미안하지만 이번엔 좀 대놓고 쳐다봤다. 어떤 선생님과는 눈이 마주쳤다. 그냥 웃었다. 인사도 꾸벅. 그러나 스캔(?)은 놓치지 않았다.

유레카! 5개 교실에서 3개의 반가사유상을 만났다. 멍한 반가사유상도 있었고, 지친 반가사유상도 있었고, 거북목 반가사유상도 있었다. 조금은 다른 모습이었지만 반가사유상은 분명했다.

반가사유상은 그 미소 때문에 유명하다. 주변국에도 반가사유상이 있지만, 그 각도나 표정, 표현방식이 한국의 반가사유상과는 비교할 수 없을 만큼 어색하다. 그래서 미소와 자태가 수려한 반가사유상의 미소에는 'K-미소'라는 별명이 있다.

방금 내가 본 교실 속 반가사유상들에게 '반가사유 교사상'이라는 이름을 붙이고 싶다. 사실 '반가사유 교사상'에는 비교 대상도, 학문적 의미 같은 것도 없다. 모양도 제각각이고 미소와 자태는 자세히 분석하지 못했다. (내가 방금 지었으니까.)

재미 삼아 아래층으로 내려가서 또 '반가사유 교사상'을 찾았다. 다행히 2점(?)을 더 발견할 수 있었다. 다음 날 아침에도 슬며시 찾아보았다. 아침엔 못 찾았다. 신기한 것은 '반가사유 교사상'은 주로 아이들이 떠난 빈 교실에서 발견된다는 점이었다.

왜일까? 왜 '반가사유 교사상'은 오후에만 발견할 수 있는 것일까?

그것은 교사에게는 사유할 수 있는 시간이 주로 오후에만 주어지기 때문이다. 이것이 내가 생각한 이유다.

주로 오후에만 발견되는 '반가사유 교사상'은 그들의 하루를 말해준다. 잘 살펴보면 그들이 겪어낸 시간을 오롯이 느낄 수 있다.

그래도 스스로 만족할 만한 괜찮은 수업이 있었는지, 하루 종일 싸움박질⑦ 뜯어말리느라 그저 힘겨운 시간이었는지, 쉬고 싶긴 한데 지금 당장 긴급 공문을 처리해야 하는지. 그들의 자세와 표정은 나에게 많은 이야기를 들려주었다. 그들은 주로 지쳐 있었으며, 생각이 많아 보였다. 나는 조금 멋있기도 가엽기도 한 그들의 별명을 'K-교사'라고 짓기로 했다.

'K-교사'

이 별명에는 많은 감정이 뒤섞여 있다.

열정, 기쁨, 사랑, 좌절, 실망, 자책, 슬픔.

단언컨대 '반가사유 교사상'은 그들이 어떤 하루를 보냈든, 반가사유상만큼 자세히 관찰할 만한 가치가 있다.

(여러분도 당장 '반가사유 교사상'이 되어보십시오. 언젠가 그 자세를 했던 본인의 모습이 문득 떠오를 것입니다.)

# 7.
## 타짜와 사짜

모든 집단이 그러하듯 교직 사회에도 타짜와 사짜가 있다. 내가 내린 타짜의 정의는 진짜 좋은 사람, 가까이하고 싶은 사람이다. 사짜는 물론 피해야 하는 사람이다.

경력이 짧은 시절에는 나에게 잘해주면 타짜, 그렇지 않으면 사짜라는 기준을 가지고 있었다. 정말 자기중심적이고도 고무줄 같은 기준이 아닐 수 없다. 어떤 날은 잘해주다가 어떤 날은 그렇지 않다면 그 사람은 타짜인가 사짜인가? 나에게 잘해주지만 다른 사람에게는 그렇지 않다면 그 사람은 타짜인가 사짜인가?

아무튼 그동안의 교직 생활을 통해 여러 종류의 사람과 상황을 만나면서 타짜와 사짜를 구별할 수 있는 근거와 관점, 그리고 용기를 얻게 되었다. 자, 이 귀한 비기는 지금 이 글을 읽는 당신에게만 살짝 알려 주겠다. 대신 당신만 알고 있어야 한다. 절대 아무에게나 발설하지 말 것. (사짜들의 전형적인 멘트.)

수업 이야기를 할 때, "라떼는 말이야" 하며 옛날 수업 이야기하는 사람은 사짜, 오늘 본인이 했던 수업 이야기를 하는 사람은 타짜다.

승진 이야기를 할 때, 모든 관리자를 싸잡아서 욕하는 사람은 사짜, 그래도 괜찮았던 몇몇 관리자를 떠올리는 사람은 타짜다.

돈 이야기를 할 때, 돈 자랑만 심하게 하는 사람은 사짜, 맛있는 것을 사주면서 그 과정을 친절하게 설명해 주는 사람은 타짜다.

삶 이야기를 할 때, 남의 이야기를 주로 하는 사람은 사짜, 나의 경험을 이야기하는 사람은 타짜다.

그럼 이제부터 지금 내 옆에 있는 사람들이 사짜인지 타짜인지 구별해 보자. 수업, 승진, 돈, 삶 이야기 말고 다른 기준은 없냐고 누군가가 묻는다면 나는 더 명확한 기준을 제시하겠다.

'부정적인 사람은 사짜, 긍정적인 사람은 타짜다!'

나는 긍정적으로 살고 싶다. 그래서 주변에 긍정적인 사람들만 두고 싶다. 쉽지는 않겠지만 그것이 꼭 어려운 일만은 아니라고 생각한다.

갑자기 한 가지 생각이 떠오른다. 내가 먼저 긍정 에너지를 발산해 보는 것은 어떨까? 만약 이 생각을 실천한다면 여러 가지 좋은 점이 있다.

일단 긍정적인 사람이 될 수 있다. 또, 주변에서 좋은 평판도 들을 수 있다. 정말 운이 좋다면 긍정적인 사람들이 당신을 찾아오고, 늘 당신 곁에 머물고 싶어 할 것이다.

그러나 나는 아직 제일 좋은 점을 말하지 않았다. (궁금하다고 말해주세요. 제발!)

그것은 바로! 당신이 직접 타짜가 될 수 있다는 점이다.

타짜가 된 당신을 상상해 보라! 생각만 해도 가슴 뛰지 않는가?

어느 곳에서 어떤 모습이든 자체 발광(?)해 버리는 그 카리스마가 탐나지 않는가?

앞으로 우리 모두 좀 더 적극적으로 타짜의 삶을 추구해 보자! 우리는 할 수 있다! (앗. '아무리 상상해도 가슴 뛰지 않고, 카리스마 따위는 절대 탐나지 않는다'라고 말씀하신다면 당장 사과드리겠습니다. 그런데 당신은 진정한 '사짜'시네요. 이상 '타짜'의 한마디였습니다. 감사합니다. 하하하.)

# 8.
# 눈 뒤집기

"오늘, 그 선생님 좀 그랬어."

퇴근 후 남편은 나에게 학교 이야기를 털어놓았다. 어떤 선생님의 행동에 크게 실망한 모양이었다.

"여보, 오늘은 나도 어떤 선생님이 좀 그랬어."

공교롭게도 다음 날 나도 남편과 똑같은 이야기를 나누게 되었다.

유난히 서로에게 실망할 일이 많은 요즘. 왜일까? 요즘 학교에서는 무슨 일이 일어나고 있는 걸까? 곰곰이 생각해 보니 이유는 있었다. 나름대로 쥐어짜 낸(?) 이유는 다음과 같다.

첫째, 학기 말은 바쁘다. 학기 말이 되면 선생님들은 더욱 바빠진다.

매일 준비하는 수업 외에 제출해야 하는 문서들이 급격히 늘어난다. 교원평가 자기소개서, 학급 운영과 업무에 대한 자기 실적 평가서, 전문적 학습공동체 결과 보고서, 학교폭력 가산점 신청서, 내년을 위한 학년 및 업무 희망서 등 갑자기 여기저기서 내라는 서류들이 많아진다. 게다가 개별 업무에서 진행했던 보고서나 정산서 제출 등도 준비해야 하는 기간이다. 이렇다 보니 선생님들은 예민해질 수밖에 없다. 그래서 평소에 부드럽게 넘어갈 수 있는 일도 이때는 조금 삐걱거리는 경향이 있다.

둘째, 학기 말은 어수선하다. 7월이나 11월경에는 관리자들이 늘 당부의 말씀을 하신다. 학교생활에 익숙해진 아이들이 조금 더 자유로워지는 시기이기 때문이다. 실제로 이 기간에 학교폭력이나 안전사고의 발생률이 평소보다 더 높아진다는 통계도 있다. 이에 선생님들의 긴장도가 높아진다. 이 기간에 아무 일 없이 잘 넘어가면 좋지만, 안전사고나 학교폭력 사안이 발생하면 그야말로 멘붕이 온다. 자연히 다른 사람을 배려할 마음의 여유가 없어진다.

셋째, 학기 말에는 다음 해를 준비해야 한다. 10월부터는 슬슬 다음 해 업무분장이나 학년에 대한 정보가 돈다. 정식 발령은 아니지만 교사들끼리 서로 눈치를 보면서 학년 분장표를 작성해 보기도 한다. 이른바 '민간 발령 놀이'를 시작한다. 교사들이 이 놀이를 하는 이유는 서로에 대한 배려로 설명할 수 있다. 학년이나 업무 배정에 대한 학교 내규에 따라 우선권을 가진 분들이 어떻게 움직이는지 보면서, 본인이 가능한 자리를 찾아본다. 여기에는 학교 체계라는 큰 질서를 거스르지 않으면서 본인의 사적 이익을 자연스럽게 추구하려는 욕망이 녹아 있다. 가끔 그런 것과 관계없이 과감히 움직이는 분들도 계시지만, 대부분 '민간 발령 놀이'를 통한 데이터를 바탕으로 학년이나 업무 신청을 한다. 자연스럽게 지금 함께하는 사람들과의 시간보다 앞으로 함께할 사람들에 대한 관심도가 더 높아지게 된다. 그렇다 보니 평소에는 조심했던 행동이 무심함으로 변하기도 한다.

이유가 어찌 되었든 누군가에게 실망한다는 일은 참 씁쓸한 일이다. 씁쓸한 가슴을 부여잡고 소파에 누워 유튜브를 켰다. 평소 김창옥 교수님 강의를 잘 보는 덕분에 오늘은 알고리즘이 그분의 쇼츠를 제공했다.

"여러분, 저는 눈이 참 예쁘다는 말을 많이 들었습니다. 여러분도 많이 들어보셨죠?"

"……."

"아, 적절하지 않은 예시 죄송합니다. 제가 공감하실 수 없는 이야기를 했네요."

"하하하하하하."

"저는 눈이 참 예쁘다는 말을 많이 들었습니다. 그런데 어느 날 거울을 보고 눈 아래쪽을 뒤집어 보게 되었습니다. 예쁘지 않았죠. 사실

안구 전체의 모습은 아름답지 않습니다. 눈꺼풀로 덮여 있고, 우리는 그 일부분, 즉 눈동자 부분만 보게 되죠. 우리가 눈이 아름답다고 느끼는 것은 안구의 일부분만 보기 때문에 느끼는 감정이 아닐까요?

사람도 마찬가지입니다. 어떤 사람의 전부를 알고 예쁘다고 말하기가 참 어렵습니다. 그러니 인간에게 이상적 기대를 갖지 않는 게 좋을 것 같아요. 자식에게도, 나에게도 이상적 기대를 갖지 않는 것. 저는 그게 건강한 방법인 것 같아요."

이상적 기대를 갖지 않는 것. 이 한마디에 눈물이 흘렀다. 속상한 마음이 스르륵 풀어졌다.

그동안 나는 학교에서의 좋은 교사, 좋은 관계, 좋은 분위기에 집착하고 있었던 것은 아닐까? 동료 선생님들의 모든 것을 알아야 한다고 욕심을 부린 것은 아닐까? 이상적 기대로 가득 차 있던 나를 되돌아볼 수 있었다. 그 마음을 돌아볼 기회를 준 유튜브와 김창옥 교수님께 감사드린다.


이제 매일 아침 나의 루틴이 하나 더 늘었다.

바로 눈 뒤집기! (오늘 아침에 눈 뒤집다가 아들이 뭐 하냐고 해서 급히 혀를 내밀어 '눈 뒤집기+메롱'을 해줬다. 휴.)

# 9.
# 깔아줄 결심

오랜만에 대면 출장을 갔다. 주제는 '마을교육공동체 마중물 모임'이란다. 그렇지 않아도 부담스러운 '마을교육공동체'에 '마중물'까지 붙었으니 더더욱 부담스러운 출장이 아닐 수 없다. 학교 안 교실 수업만으로도 바쁜 교사에게 학교 밖까지 신경 써야 하는 '마을교육 공동체'라는 단어는 늘 부담스럽다.

대부분의 교사는 '한 아이를 키우려면 온 마을이 필요하다'라는 슬로건에는 모두 동의한다. 그러나 본인 업무에 '마을교육공동체'가 들어가면 으레 '아, 이거 판이 커지는구나!' 하고 얼른 36계 줄행랑을 친다. 의사소통의 대상, 시간, 비용이 몇 배는 더 많이 소요되기 때문이다. 그런 교사들에게 마중물 모임이라는 것을 열어준 이유가 궁금했다. 담당 장학사님의 인사 말씀을 차분히 듣는다.

"안녕하세요. 제가 몇 년 동안 마을교육공동체 사업을 진행하다 보니 매년 반복되는 말씀들이 있었습니다. 선생님들은 마을교육 전문가를 찾기 힘들다고 하시고, 마을교육 전문가들은 학교에 들어가기 힘들다고 하셔서 오늘 두 그룹의 찐한 만남을 제가 주선해 보았습니다. 선생님들께서는 각 마을교육 전문가들께서 준비한 부스에 방문하셔서 우리 학교에 맞는 마을교육에는 어떤 것이 있는지 한 가지 이상 찾아가시는, 좋은 시간 되시기 바랍니다."

맞다! 맞아! 교사와 마을교육 전문가는 서로를 간절히 원하면서도 막상 찾을 수 없는 관계였다. 우리는 서로 알음알음으로 번호를 따는 그런 사이였다. 경험이 많은 마을교육 전문가를 찾기 힘들었다는 것이 바로 마을교육이 부담스러웠던 이유 중 하나였다. 갑자기 이 출장이 맘에 들었다. (쉽게 설득당하는 편.)

다음은 교육과장님의 말씀이 이어졌다. (지루할 것으로 예상하고 벌써 고개 숙임.)

"제가 이 나이가 되니 모든 것에 감사하게 됩니다. 곰곰이 생각해 보니 제 추억도 제가 만든 것이 아니라 모두 만들어주신 분들이 있더라고요. 제가 어렸을 때 다양한 친구들과 동네 마당에서 놀 수 있었던 것은 언제나 묵묵히 손님을 치러내시던 우리 어머님 덕분이었습니다. 추억은 스스로 만드는 것이 아니라 분명 그 바탕을 깔아준 사람들이 있기에 만들어진 것입니다. 오늘 여기에 오신 모든 분이 학생들에게 추억의 바탕을 깔아주는 분들이 되기를 바랍니다. 애써주심에 늘 감사드립니다."

교육과장님의 진솔한 말씀에 고개가 절로 끄덕여졌다. ('엄마' 레퍼토리가 통했나?) 교사인 내가 할 일은 '바탕을 깔아주는 일'이라는 생각이 들었다.

만약 20대나 30대에 이 말씀을 들었다면 반감을 표했을지도 모른다. '내가 왜 깔아줘야 해? 도대체 어디까지 깔아줘야 해?' 그 당시에는 이렇게 반문했을 나다.

이제 40대가 되니 조금은 여유가 생긴다. 그동안 나의 추억을 위해 바탕을 깔아주었던 많은 사람을 되돌아보게 된다. 그리고 반대로 다른 사람의 바탕을 깔아주는 일에 조금 더 적극적으로 나서볼 용기와 결심도 생긴다.

사실, 교직은 언제나 깔아주는 직업이다. 그러나 교직에 들어서서 바로 '깔아줄 결심'을 가질 수 있는 교사는 많지 않다. 어떤 날은 자의로 깔아주고, 어떤 날은 타의로 깔아주게 된다. 언제나 보람찬 하루하루는 아니다. 분명 힘들고 외롭고 어려운 시간이 있다. 그 시간들이 켜켜이 쌓이다 보면 기꺼이 '깔아줄 결심'이 생기는 날이 온다. (나에게는 비로소 오늘 도착.)

그 결심은 언제 어디에서 오는지 알 수 없다. 왔다가 다시 돌아가기도 한다. 그러나 기다리는 자에게는 끝내 온다. 마치 산타 할아버지처럼.

이번 크리스마스에는 많은 교사에게 '깔아줄 결심'이 도착했으면 좋겠다.

메리 크리스마스!

# 10.
## 780가지 사랑법

"엄마! 아이스크림을 맛있게 먹는 101가지 방법은 무엇일까요?"

아들이 던진 질문 앞에서 진지하게 고민했다.

'다양한 토핑이 필요할까?'

'여러 종류의 아이스크림을 섞으면 될까?'

나름 여러 가지 방법을 고민하고 있는데,

"정답은! 101개의 아이스크림을 먹는다! 엄마 아이스크림 많이 사 주세요!"란다.

아, 뭐야! 허무했다. 그런데 순간 번개같이 생각이 스쳐 갔다.

아이들이 버거운 시절이 있었다.

"도대체 왜 애들은 제멋대로인 거야!"

"도대체 학부모들은 왜 이렇게 제각각이야. 이렇게 하면 이렇다고 민원전화 넣고, 저렇게 하면 저렇다고 민원전화 넣고. 도대체 어느 장단에 맞춰서 춤을 추라는 소리야?"

다양한 학생들, 학부모님과 지내는 매일이 불평불만으로 가득 찼다. 겨우 일 년을 견디고 나면 3월엔 또다시 새로운 고객(?)들을 맞이해야 했다.

"누가 교사가 안정적인 직업이라고 했어! 매년 업무가 바뀌고 만나는 사람들이 바뀌는데! 심지어 5년에 한 번은 무조건 다른 학교로 가야 하고, 발령받자마자 일주일 뒤에는 생전 보지도 못한 사람들과 1년을 동료로 같이 생활해야 하는데. 도대체 뭐가 안정적이라는 거야!"

부끄럽지만 이것이 내가 일상적으로 쏟아내는 멘트였다.

짧은 인생에서 느낀 점 하나는 긍정적으로 태어나는 사람도, 부정적으로 태어나는 사람도 정해져 있지 않다는 점이다. 다만 긍정적인 시기와 부정적인 시기를 겪어내는 것뿐이다. 나의 극단적인 멘트를 봐도 그렇다.

당장 교직을 그만둘 듯이 매일 불평불만을 쏟아내는 시절이 있었는가 하면, 780가지 사랑법을 알았다면서 호들갑을 떠는 시절도 있지 않은가! 두 극단적인 에너지가 한 몸에서 나왔다는 것이 정말 놀랍지 않은가? 이것이 한 사람의 감정이라고 믿어지는가? 정말이지 '지킬 앤 하이드'가 따로 없다.

이런 변화가 생긴 계기가 궁금한가?

음. 정말 궁금하지 않은가?

그냥 궁금하다고 말해주면 안 되겠는가? (제발 궁금하다고 대답해 주시면 감사하겠습니다. 커피 살게요.)

비결은 바로 '생각 선택하기'다.

요즘 '부자 되기' 책을 즐겨 읽는데, 부자들은 자신의 생각을 선택한다고 한다. 부자들은 긍정적이며 자기주도적인 삶을 사니, 당신도 그렇게 살기로 선택해 보라는 것이다. '부자 되기'에 심취되어 있던 나에게 참으로 신선한 제안이었다.

홀린 듯이 긍정적인 생각을 선택하기로 결심했다. 하지만 좀처럼 쉽지 않았다. 집에는 시비 거는 남편과 말 안 듣는 아들이 있었다. 학교에는 말 안 듣는 학생, 작은 일에도 싸우는 학생이 있었다. 그렇지만 나는 부자가 되기로 결심했기 때문에 포기하지 않고 노력했다.

나는 조금씩 변화했다. 힘든 상황에서도 긍정적인 감정을 선택하는 것에 조금씩 익숙해졌다. 아이들에게도 공언하고 실천했다.

"얘들아, 선생님이 방금 긍정적인 생각을 선택했어! 어때? 나 멋지지?"

이렇게 내 경험을 이야기하고 나니 한 열정 넘치는 학생이 나를 찾아왔다.

"선생님, 저 방금 쟤 때문에 겁나 열 받았는데 열 받지 않기로 선택했어요! 잘했죠?"

"그래, 겁나 잘했어! 겁나 이뻐 죽겠어! 겁나 사랑해."

이렇게 '겁나' 폭격과 함께 이상한⑦ 칭찬을 부어주었더니 슬그머니 내 눈치를 본다.

"근데 앞으로 '겁나'는 안 쓸게요."

난 아무 말 없이 엄지손가락을 하늘 높이 올려주었다. 이렇게 매일 긍정적인 생각을 선택했더니 우리 반에서도 스스로 긍정을 선택하는 아이들이 늘어났다. 눈앞에서 긍정의 전염을 경험했다. 나 또한 아이들을 사랑하는 26가지 방법을 금방 터득할 수 있는 용기가 생겼다. 설령 26가지 방법을 다 채우지 못하더라도 상관없다. 19가지 정도만 성공해도 진짜 대단한 수확 아닌가?

솔직히 고백하면 긍정적인 생각을 선택한 것에는 다소 불순한 의도가 있었다. 부자가 되고 싶었으니까. 그리고 긍정적인 생각을 선택했는데도 내 월급이나 재산은 크게 바뀌지 않았다. 하지만 '부자가 금방 될 줄 알았는데 왜 안 되었을까? 속았네. 노력했는데 이게 뭐야. 이것도 사기였어'라는 억울한 생각은 전혀 들지 않았다. 오히려 부자가 부러워지지 않을 만큼의 행복이 다가왔다. (솔직히 아직도 부럽긴 합니다.) 그리고 나도 곧 부자가 될 수 있겠다는 자신감도 들었다. (제가 부자가 되면 맛있는 음식 많이 사드릴게요.)

앞으로 780가지 사랑법을 배워갈 시간이 기대된다. 또, 우여곡절 끝에 결국 그 사랑법을 소유하고 말아버린 엄청난 내공의 유영미 씨를 꼭 만나보고 싶다. (부디 1,000가지 채우라는 말씀은 말아주세요. 호호.)

# 우리는 여전히 학교에 있습니다

오랜만에 지난 학교에서 함께 근무했던 동료 선생님들을 만나, 어떻게 지내냐는 근황 질문을 받았습니다.

"요즘 저는 글을 써요."

의외의 대답에 다들 꽤 놀라셨습니다. 그중 한 분이 호기심 가득한 눈빛으로 어떤 글을 쓰냐고 물으셨습니다.

"교직 에세이요."

대답하는 순간, 글에 대한 기대감이 확 떨어지는 것을 느낄 수 있었습니다.

"음. 그렇구나."

아주 짧은 순간이었지만 선생님들의 표정에서 묘한 생각을 읽을 수 있었습니다.

'교직 일기를 쓰는구나. 음. 장르가 크게 놀랍지는 않네. 그래도 새로운 도전이니까 응원은 해줘야겠지?'

물론 모든 분이 그런 것은 아니겠지만, 그래도 한두 명은 이런 생각을 하지 않았을까 합니다. 괜찮습니다. 어느 정도 예상했기에, 저도 그런 반응이 크게 신경 쓰이지는 않았습니다.

교직 일기 또는 교직 에세이는 교사라면, 그리고 평소보다 조금 더 용기를 내어 마음을 단단하게 먹는다면 비교적 쉽게 쓸 수 있는 장르라고 많은 이들이 생각할 것입니다. 그러나 중요한 것은 그 글이 모두 같지 않다는 것입니다. 뻔한 장르이지만 뻔하지 않은 글이 바로 교직 에세이입니다. 그래서 저는 뻔뻔하게 여기까지 올 수 있었습니다.

학교는 누구에게나 익숙한 곳이지만 1교시, 2교시를 차곡차곡 채워 나가는 교사의 마음은 하루도 익숙하지 않습니다. 18년을 꽉 채우고 19년 차로 들어서는 저의 마음도 다르지 않습니다.

19년째 낯선 아이들과 만나 익숙해지고 다시 낯설어지는 일을 반복하면서, 그동안 살면서 겪지 못했던 큰 파고의 감정들을 만났습니다. 평범하고 조금은 둔감한 모범생으로 살았던 대학생까지의 제 삶은 '희노애락'이라는 감정 속에서 좁은 진폭으로 움직였습니다. 그러나 교사가 된 이후에는 '희노애락애오욕'이라는 더 넓은 감정을 격하고도 넓은 진폭으로 경험하게 되었습니다.

늘 제 마음을 졸이게 했던 선택적 함구증 학생이 어느 날 무심히 제게 말을 걸어올 때 뛸 듯이 기뻤고, 2교시 수업 중에 오늘 12시까지 보고해야 하는 긴급 공문이 있다는 소식을 교감 선생님으로부터 들었을 때는 불같이 화가 났습니다. 학교폭력 사건을 잘 해결하려다가 오히려 모든 책임을 뒤집어쓴 옆 반 선생님을 위로하며 함께 슬피 울었고, 피구 대회에서 환상의 팀워크를 보여주는 아이들의 모습에 잠자리에 들기 전까지 신나는 감정을 잠재울 수 없었습니다. 허전한 제 마음을 도닥여 주는 투박한 쪽지 하나에 온 세상의 사랑을 흠뻑 느꼈고, 최선을 다해 학급을 운영했지만 도저히 말이 통하지 않는 악성 민원 학부모 때문에 눈물로 베갯잇을 적시는 긴긴밤도 있었습니다. 어느 날은 쏟아지는 업무가 못마땅해서 입을 삐쭉 내밀고 "이거 정말 대충 할 거야!"라고 선언하고는 결국엔 집까지 바리바리 싸 들고 왔습니다. 호언장담이 무색하게 몇 번을 다시 들여다보고 수정에 수정을 거듭하며 무식한 일 욕심을 부리던 시간도 있었습니다.

솔직히 말하면 학교는 쉬울 줄 알았습니다. 그런데 야속하게도 결 코 쉽지 않더군요. 남들은 쉽다고 하는데, 분명히 저는 어려웠습니 다. '나만 이상한 것일까?', '개인의 역량 부족인가?' 자책하기도 했 고, '그래도 언젠가는 그 역량이 갖춰지지 않을까?' 하고 기대하며 소 처럼 일하던 시절도 있었습니다.

그런데 야속하게도 주변 사람들은 한술 더 뜹니다. 언젠가 친정엄 마는 학교생활을 힘들어하는 저에게 이런 위로를 해주셨습니다.

"그래도 교사가 제일 수월한 직업이니까 힘들어도 감사하면서 다녀."

어느 날 부장 회의에서 교사들의 고충을 들어주시던 한 교장 선생 님은 도무지 위로라고 생각할 수 없는 언어로 부장들의 속을 뒤집어 놓 으셨습니다.

"선생님들 힘든 거 다 알죠. 그런데 밖의 사람들은 그렇게 생각 안 해요. 다들 땡돌이 땡순이라고 하던데."

분명 나쁜 사람들은 아닌데 아군인지 적군인지 모르겠다는 생각이 들었습니다. 애초에 아군은 단 한 명도 없었던 것이 아닌가 하며 혼자 만든 기대감과 배신감에 부르르 떨던 시절도 있었습니다. 그러나 이제 는 어느덧 마음속에 아군도 적군도 만들지 않는 것이 가장 좋은 선택이라는 것을 알게 되는 나이가 되었습니다.

위로라고 하는 소리에 상처받고, 위로인 척하는 가시 같은 소리에 속을 긁히면서도 우리는 여전히 학교에 있습니다. 하는 일은 조금 다를지 몰라도 교사가 경험하는 감정과 고민은 여느 직장인이 겪는 그것과 크게 다르지 않습니다. 지금 이 책의 마지막을 읽어 내려가는 여러분이라면 이미 다 공감하셨으리라 믿습니다.

이 책을 쓰면서 누군가를 힘껏 공감해 주고, 누군가에게 따뜻한 공감을 받는 일이 제게 가장 행복한 일임을 비로소 알게 되었습니다.

그동안 저와 함께 공감해 주셨던 여러 '학교 사람들'에게 감사드립니다. 앞으로 학교에서 새롭게 만날 무수한 공감을 기대하며 내일도 힘껏 출근하겠습니다.

오늘도 여전히 학교에 있는

유영미 드림